Emanuel Schikaneder

Der Tyroler Wastel

Komische Oper in 3 Aufzügen

Emanuel Schikaneder

Der Tyroler Wastel
Komische Oper in 3 Aufzügen

ISBN/EAN: 9783744700399

Hergestellt in Europa, USA, Kanada, Australien, Japan

Cover: Foto ©Andreas Hilbeck / pixelio.de

Weitere Bücher finden Sie auf **www.hansebooks.com**

Der
Tyroler Wastel.

Eine komische Oper in drei Aufzügen

von

Emanuel Schickaneder.

Die Musik ist vom Herrn Haibel Mitglied
des k. k. privil. Wiedner Theaters.

Leipzig bei August Geers 1798.

Personen.

Herr von Tiefsinn.

Frau von Tiefsinn, dessen zweite Frau.

Louise, Tiefsinns Tochter erster Ehe.

Der Tyroler Wastel, Hrn. von Tiefsinns Bruder.

Liesel, seine zweite Frau.

Herr von Tulippan.

Therese der Frau von Tiefsinn Kammermädchen.

Mariane Köchin bei Tiefsinn.

Joseph, ein reicher junger Bäckermeister.

Jodel ein Beckerknecht.

Ein fürstlicher Buchhalter.

Ein Hausknecht.

Ein Kutscher.

Ein Wirth im Prater.

Seppel, ein Kellner.

Ein Harfenist.

Ein Fläutraverist.

Ein Musikus mit *Viol d'Amour.*

Ein Blumenmädchen.

Ein Mädchen mit Zahnstechern.

Ein Galanteriehändler.

Mehrere Kellner.

Ein Kegelbube.

Volk, Fiacker &c. &c.

Erster Aufzug.

(Schön möblirtes Zimmer mit zwei Seiten- und einer Mittelthür.)

Erster Auftritt.

Frau von Tiefsinn, Therese und Herr von Tulippan.

Introduktion.

Frau v. Tiefsinn. (ruft) Ha Therese! ha Therese! (läutet sehr heftig, nach und
nach dreimal)

Therese (kommt) Euer Gnaden sein nicht
böse.

Fr. v. Tieff. Sag sie nur, wo steckt sie
immer?
Nie ist sie bei mir im Zimmer
Läßt die Herrschaft stets allein.

Therese. Um den neuen Putz zu hohlen,
Gieng ich zu der Marchand de Mode.

Fr. v. Tieff. Sie hat recht, ich hab's befohlen,
Nun was sagt die Marchand de Mode?
(besieht sich immer in Spiegel)

A 2

Therese. Ein ganz neuer Hut erscheint,
Doch braucht sie bis morgen Zeit.

Fr. v. Tieff. Und ich hätt' ihn heut
vermeint,
Das ist eine Ewigkeit!
Sag sie, wie die Schminke stehet?

Therese. Ganz vortreflich, sie erhöhet
Dero Reize in der That.

Fr. v. Tieff. Englisch, göttlich sie erhöhet,
Meine Reize in der That.

(Nach einer Pause) Still! mich deucht
ich höre klopfen
Seh sie vor die Thür hinaus.

Therese. (läuft hin) Herr von Tulippan der
Liebe,
Bittet sich die Ehre aus.

Fr. v. Tieff. Laß den lieben Narrn h'rein
Der so schön, so zärtlich spricht.

Therese. Hier trift wohl das Sprüchwort
ein:
Alter schützt vor Thorheit nicht.

Fr. v. Tieff. Laß den lieben Narrn h'rein

Therese. Drum mußt du betrogen seyn.
(geht ab)

Tulippan. (den Hut in der Hand mit ei-
nen Bouquet an der Seite)
Eh' sich noch Aurora zeigte,
Wählt ich diese Blumen aus,
Und der Göttin, die mich beugte,
Band ich diesen Blumenstrauß.

Fr. v. Tieff. Dieser Strauß von süssen
Händen,
Soll sich mir zur Seite blähn,
Und beim Duft von Rosenwänden
Mein Adonis vor mir stehn.

Therese. (tritt ein) Euer Gnaden, sie
erlauben,
Wo beliebt das Frühstück heut'?

Fr. v. Tieff. In den Garten untern
Lauben,
Schmeckt das Frühstück allezeit.

Tulippan. In den Garten untern Lauben

Fr. v. Tief. Schmeckt das Frühstück noch
so sehr,

Therese. Und im Schatten liebend
träumen,
Flattert Amor um uns her.
(Tulippan und Therese geben sich immer heimlich die Hände)
(alle Dreie ab)

Zweiter Auftritt.

Mariane und Louise.

Mariane. (kömmt und sieht denen Abge-
gehenden durch die Thüre nach, ruft dann
zur Seitenthüre) Fräulein Louise! kommen sie ein wenig heraus!

Louise. (tritt ein) Guten Morgen Mariane!

Mariane. Guten Morgen!

Louise. Iſt meine Stiefmutter nicht mehr zu Hauſe?

Mariane. Sie gieng ſo eben mit den ſo genannten Herrn Vetter nach den Garten, um dort das Frühſtück zu nehmen.

Louise. Warum biſt du denn ſo feſtlich gekleidet?

Mariane. Ich war ja ſchon im Prater!

Louise. Nicht möglich?

Mariane. Wahrhaftig! und das noch oben drein in einer Peratſch.

Louise. Da biſt du wohl um drei Uhr aufgeſtanden?

Mariane. Das weiß ich nun eben nicht, aber früh muß es geweſen ſeyn, weil ich um ſechs Uhr ſchon wieder in meiner Kuchel ſtand.

Louise. Und wer war denn der glückliche Amor, der mit dir hinab kutſchirte?

Mariane. Rathen ſie einmal?

Louise. Wie kann ich das errathen!

Mariane. Es ist einer den sie recht gut kennen.

Louise. Das ich nicht wüßte.

Mariane. Und den sie obendrein noch recht gut sind.

Louise. Daß ist mir alles ein Räthsel.

Mariane. Einer, um dessentwillen sie sich entschliessen könnten eine Schlepp- haube zu tragen.

Louise. (besorgt) Mariane!

Mariane. Nun?

Louise. Doch nicht der Sohn von die- sem Hause?

Mariane. Der Sohn von diesem Hau- se, ist seiner Profession ein Bäck, heißt Joseph und wird einmal Besitzer von drei Häusern.

Louise. Mariane, unsere Freundschaft ist zerrissen!

Mariane. Sie wird sich wieder binden, wenn ich ihnen alles erzähle. Hören sie mich also. Unsre heutige Spazier- fahrt —

Louise. Ich habe genug Mariane. Mich so zu hintergehen! —

Mariane. Joseph wollte von mir nur wissen, ob er als Bürgers Sohn es wagen dürfte um ihre Hand zu werben?

Louise. Ha ha ha! das war fein!

Mariane. Ein einziges Wort sage ich ihnen und sie schweigen.

Louise. Das wäre?

Mariane. Wenn ich ihnen aber sage, daß ich selbst schon Braut bin, daß auch mein Liebhaber ein Bäckerjung ist, und daß auch er bald sein eigenes Gewerb antreten wird, aber das nicht in der Stadt, sondern auf dem Lande.

Louise. Und wer wäre denn dieser Liebhaber?

Mariane. Der Bäcker Jodel!

Louise. In diesem Hause?

Mariane. In diesem Hause!

Louise (lacht höhnisch) Ha ha ha!

Mariane. Sie lachen, weil er nicht schön ist.

Louise. Mich wird sie doch nicht überreden wollen, daß sie sich einen so erzdummen Mann wählen sollte?

Mariane. Den Gedanken habe ich schon als Mädel von zehn Jahren gehabt. Wenn ich einmal heyrathe, dachte ich mir, so muß mein Mann nicht nur wild, sondern auch recht dumm sein. Und bei den Gedanken bleib' ich und wenn ich sechsmal heyrathen müßte. Schönes Fräulein! ein wilder Mann kommt mir vor, wie ein wilder garstiger Hund, den kein Mensch mag. Ist aber der Hund sauber, gleich wird ihr einen abgefangen, und so gehts mit schönen Männern.

Arie.

Ein schöner Mann ist delikat
Wie ein Kapaunel mit Salat
Und weiß ein Mann dies nur einmal
So ist er gleich damit brutal
Ein schönes Mannsbild, putzt seih'n Leib
Ist oft koquetter als ein Weib.

Doch fehlt dem Mann ein schön Gesicht,
Hat er kein Hirn im Kopfe nicht.
So fischt das Weibchen um und um
Und führt ihn an der Nase h'rum

4444444444444444444444444444

Sie führt bei Zeit das Hausrecht ein
Bringt schöne Männer ins Haus hinein.

Dritter Auftritt.

Vorige. Jodel.

Jodel. (kommt Marianen entgegen und hält in der einen Hand einen Blumenstock, in der andern ein Vogelhaus, worinnen eine Nachttigall ist. Auf dem Kopfe trägt er ein kleines Körbchen, worinnen ein gebackenes Herz ist. Um den Leib hat er einen Riemen, an dem ein anderes Vogelhaus hängt, worinnen ein Spatz ist.)

Mariane. Nun sehen Sie Fräulein, da hab ich ja schon die Ehre ihnen meinen Bräutigam aufzuführen.

Jodel. Gestern ja! aber heut — aber heut nimmer!

Mariane. Warum denn nicht heute?

Jodel. Weil i kan Pirutsch hab' daß i die Leut in Prater obi führen kann.

Louise. O bravo!

Mariane. Ich glaub gar, du bift eiferfüchtig?

Jodel. Eiferfüchtig bin i juſt nit, aber mit Appetit wollt' i di karbatſchen.

Mariane. Du Jodel ſei nicht grob!

Jodel. Jetzt hab' i dir meine Meinung ſchon g'ſagt, g'ſchieht's a andersmal wieder, nacher was i ſchon was i zu thun hab'; und jetzt halt dein Maul und laß mi mein Poſt ausrichten. Gnädiges Fräulein! der Joſeph, mein Herr läßt ſich ihnen empfehlen, und weil er weiß, daß die Fräule eine ſo große Liebhaberinn von Nachttigallen ſei, ſo überſchickt er ihnen ſeine eigene, die er ſelbſt aufgezogen hat. Zweitens hab i da den Roſenſtock zu übergeben, den er auch ſelber gepflanzt hat, und in den Korb iſt a armes Herz, das er auch den Augenblick ſelbſt backen hat; und das erſt, wie er mit der Mamſel da aus'm Prater kommen iſt. Jetzt was das Ding vor a Beſchaffenheit

hat, wo's hin zielt, oder was aus
den armen Herzen, oder aus der Nachttigall noch weiter wird, das ist mir
jetzt zu rund.

Louise. Lieber Freund! ich weiß wahr-
lich nicht, wie, oder auf was für
eine Art ich zu den Geschenken komme.

Jodel. Das was i a nit. Aber i
denk mir halt, wer schmiert der fährt.
Jetzt amal ist er heut schon in Prater
obi g'fahren, vielleicht will er's zwei-
temal mit der Fräule obi fahren.

Louise. Hier mein Freund ist das
Bothenlohn, und wegen den übrigen,
werde ich mit seinen Herrn selbst sprechen.

Jodel. Gnädiges Fräulein, der Jodel nimmt kein Trinkgeld, aber wenns
mir erlaubt wär, die Hand zu küssen,
das wär mir lieber, als dreyßig Gulden Trinkgeld.

Louise. Wirklich? — nun da hat er
meine Hand.

Jodel. Uju! das ist über a armes
Striezel!

Mariane. Schau, schau! ich hab g'laubt der Jodel ist dumm!

Jodel. Wenn der Jodel a schöne Hand sieht, so ist er nit dumm.

Mariane. Was hast du den da auf'm Rücken?

Jodel. Sapperment! das hätt' ich bald vergessen — das Präsent ist für dich.

Mariane. Aber doch von dir?

Jodel. Nun freilich von mir!

Mariane. Ist's auch eine Nachtigall?

Jodel. Keine Nachtigall ist's nit, aber weil du fleißig, ohne mir ein Wort zu sagen, in Prater g'fahren bist, so hab i dir auch an — — an Spatzen kauft!

Mariane. Einen Spatzen? warum denn nicht lieber einen Gimpel?

Jodel. Der Gimpel bin i derweil, bis wir einmal verheyrath sein.

Mariane. Und was bist du denn hernach, wenn wir verheyrath sind?

Jodel. Das wirst du nacher schon sehen, was i vor a Thier bin.

Aria.

Hab i a Weib und bin a Mann,
So was i was i bin!
Und wer mi schaut für'n Esel an,
Giebt's Geld umsonst dahin!
Mein Weibl muß nach meinen Sinn,
Nur sein mein Zeitvertreib
I was, das i a Mannerl bin,
Und's Weiberl ist a — Weib.

* *
*

A Ehmann ist ka klanes Thier
Das Kapo in dem Haus,
Und was der Mann nur schaft mit ihr
Das richt das Weibel aus!
Sie muß halt thun nach meinen Sinn
Sonst rück ich ihr zu Leib
I was das i a Mannerl bin,
Und's Weiberl ist a — Weib.

(ab.)

Vierter Auftritt.

Louise. Mariane.

Louise. (hat die ganze Zeit bald mit
der Nachttigall, bald mit dem Blumenstock gespielt.) Schau, schau! der Jodel
ist doch so dumm nicht, als ich ge-
glaubt hatte.

Mariane. Nun Fräulein Louise wie
steht es mit unserer Freundschaft?
ist sie noch zerrissen.

Louise. Liebe Mariane! ich that dir
Unrecht, aber vergieb dem bangen
Mädchen. (umarmt sie.)

Mariane. Ich war nie böse, denn
ich wußte ja zum voraus, wie die Sache
kommen würde.

Louise. Mariane! sieh' nur einmal,
diese schöne Nachttigall.

Mariane. Ey Fräulein, ich muß
ja erst meinen Spatzen bewundern!
Ha ha ha! hat der Kerl eine Phy-
siognomie wie ein Bäckerjodel!

Louise. Mariane! da sieh' nur einmal
das gebackene Herz an.

Mariane. Sie werden das Herz
erst dann bewundern, wenn sie sehen
werden, was für Kostbarkeiten in diesem gebackenen Herzen stecken.

Louise. Vermuthlich Weinbeeren und
Zibeben?

Mariane. Weit kostbarere Sachen!
— In diesem gebackenen Herzen ist

zumersten: eine Uhr, zwei brillandene
Ohrgehänge. —

Louise. Wenn das ist, so kann sie
nur immer die Geschenke zurücktragen.

Mariane. So hören Sie nur!

Louise. Will nichts mehr hören!
Geschenke von dieser Art giebt man
keinem Mädchen, das man höchstens
nur gesehen, aber nie gesprochen hat.
Trage sie die Sachen nur gleich zurück.

Mariane. Aber Fräulein —

Louise. Bei unserer Freundschaft!

Mariane. Es sei! wenn sie alle die
kostbaren Sachen zurück geben, so
muß mein Spaß auch wieder hin,
wo er hergekommen ist. (Nimmt die
Nachtigall und das Herz). Aber Fräulein, so hätten Sie doch zuerst den
Brief gelesen, der noch in diesem
Herze steckt.

Louise. (hastig) Brief? was für ein
Brief?

Mariane. Ei nun, ein geschriebener
Brief vermuthlich.

Louise. Mariane; du bist ein loses Mädchen, denn du spannst meine Neugierde aufs höchste. Vermuthlich weißt du auch den Innhalt des Briefs?

Mariane. Wörtlich weis ich ihn nicht, aber das Joseph um ihre Hand und ihr Herz bittet, das weiß ich gewiß.

Louise. Wenn es ihm Ernst ist, bitten soll er mich nicht lange. Aber wie meine Stiefmutter lärmen wird!

Mariane. Was kümmert ihnen das Lärmen der Stiefmutter, die ohnehin kein gutes Herz für sie hat. Wenn wir nur die Einwilligung ihres Herrn Vaters haben.

Louise. Mein Vater ist gut, und hat noch in keinem Falle mir meinen freien Willen genommen. Du denkst also wirklich, daß ich das Herz eröfnen soll?

Mariane. Haben sie Josephs eignes Herz nur durch ihre Blicke geöfnet, so können sie auch ohne Verantwortung wohl das eignne Herz

B

aufbrechen. Frisch darauf los, die
Rinde tunken wir hernach in Kaffee
ein.

Louise. Ha! was ich für ein närri-
sches Mädchen bin, als wenn mir
alle Finger gelähmt wären.

Fünfter Auftritt.

Vorige. Herr von Tiefsinn.

Hr. v. Tiefsinn. (von innen) He
Mariane! Louise!

Louise. (wirft das Serviet aufs Herz)
Still Mariane mein Vater, kommt.

Mariane. Sein sie nicht so furcht-
sam, und fassen sie sich.

Hr. v. Tiefs. (kommt im Schlafrock.)
Nun Mariane wie steht es, bekomme
ich heute kein Frühstück?

Mariane. Gleich gnädiger Herr!

Louise. Guten Morgen lieber Vater!

Hr. v. Tiefs. Guten Morgen Louise!
wo ist denn deine Stiefmutter?

Louise. Ich habe sie heute noch nicht gesehen, lieber Vater!

Mariane. Im Garten ist sie, gnädiger Herr!

Hr. v. Tieff. Allein?

Mariane. Mit Herrn von Tulippan.

Hr. v. Tieff. Mit diesen Narren? sag sie mir Mariane, was will denn der Mensch täglich in meinem Hause.

Mariane. Gnädiger Herr! das zu beantworten ist nicht meine Sache.

Hr. v. Tieff. Ich verstehe. Muß doch über diesen Punkt einmal mit meiner Frau ernstlich sprechen.

(es wird geklopft.)

Hr. v. Tieff.⎫
Louise,　　⎬ Herein!
Mariane.　⎭

(ein Briefträger bringt einen Brief.)

Hr. v. Tieff. (sieht den Brief an) Potz Wetter! Der Brief kommt aus Tyrol. Da mein Freund (giebt den Briefträger Geld, dieser ab.) Der Brief ist sicher von meinem Bruder. (liest.)

B 2

"Gnädiger Herr! ich habe von dem Bruder den Auftrag, ihnen zu melden, daß er längstens bis Anfang May, mit seinem Weibe in Wien eintreffen wird. Anton Pazerferl, Schulmeister in Pusterthale." Louise! jetzt lernst du meinen Bruder kennen, er ist zwar nur ein Bauer, der weder lesen noch schreiben kann, aber er hat deines Vaters Herz.

Louise. Lieber Vater, ich werde mir alle Mühe geben, ihm seinen Aufenthalt so angenehm zu machen, als mir möglich ist.

Hr. v. Tieff. Seit wann ist denn der Brief datirt? — "den 29. März" — Bravo! der Brief liegt nicht länger als 4 Wochen auf der Post. (es wird geklopft.) Herein!

Sechster Auftritt.

Vorigen. Jodel.

Jodel. Gnädiger Herr! unten im

Haus bei unserm Backofen stehn zwei
Tyroler Leut, a Mandel und Weibl.

Hr. v. Tieff. Das sind sie ja schon!
(will gehen.)

Jodel. (hält ihn auf.) Gnädiger Herr!
so viel i gemerkt habe, so sind die
zwei Leut abscheulich schiech!

Hr. v. Tieff. Aber worüber denn?

Jodel. So viel i was, so ist der
dumme Tyroler in seiner Einfalt,
gleich wie kommen ist, in Garten ein-
gangen. —

Mariane. (stößt ihn) du dummes
Rindvieh!

Jodel. Was stoßt du mi alleweil?
daß i dummer Tyroler g'sagt hab'?
sag du mir, wo hast du denn einen
gescheuten Tyroler gefunden?

Mariane. So sei nur kein Esel,
der gnädige Herr ist auch ein Tyroler.

Jodel. Ei nä!

Hr. v. Tieff. Ich bin ein geborner
Tyroler, und der Mann von den er
sprach, ist mein leiblicher Bruder.

Jodel. Hast recht Mariandl! jetzt bin

i a dummer Ochs. Gnädiger Herr! ich
bitt tausendmal um Vergebung i hab
sagen wollen, die Salzburger Leut sein
so dumm.

Mariane. (giebt ihm eine Ohrfeige) Was
du Grobian? die Salzburger Leut sind
so dumm?

Jodel. Was geht dich denn das an?

Mariane. Ich bin eine geborne Salz-
burgerin.

Jodel. O der Teufel! auf die letzt
komm ich mit meiner Dummheit gar
nit mehr aus.

Hr. v. Tieff. Ha, ha! lieber Freund!
seine Zunge ist ein wenig zu geläuffig.
Mehr denken und dann erst reden. (ab)

Jodel. Der gnädige Herr hat Recht.
Du Mariandl gieb auf a Spatzen acht!
wenn du dich recht abgiebst mit ihm,
so kann er in vier Wochen reden. (ab)

Mariane. Und dich vielleicht einen
dummen Jodel schelden. Jetzt gnädiges
Fräulein, tragen sie alle diese schönen
Sachen auf ihr Zimmer, dort können sie
nach Herzenslust sich ihren Vergnügen

überlaſſen. Haben ſie das gebackene
Herz ſchon gebrochen?

Louiſe. Noch nicht, erſt will ich meine
Nachtigall verſorgen, dann zum Brief.

Mariane. Und ich werde vor allen das
Frühſtück für den gnädigen Herrn beſor-
gen; und weil nun der Herr Bruder
aus Tyrol da iſt, ſo kommen wir noch
vielleicht dieſen Mittag in Prater. A
propos Fräulein! wie wärs, wenn ich
die Sache ſo in Ordnung brächte, daß
Herr Joſeph mit meinen herzallerlieb-
ſten Jodel, entweder voraus, oder we-
nigſtens hinter uns in Prater nachkut-
ſchierten?

Louiſe. (umarmt ſie) O Mariane!
wenn du das wollteſt!

Mariane. Da iſt meine Hand. (will
gehen) Potz Blitz! meinen Spatzen muß
ich ja auch verſorgen. Herzens Jodel,
komm! komm!   (eilt ab)

Siebenter Auftritt.

Louise allein.

Louise (nimmt das Herz und den Vogel in die Hand) Wem von euch beiden soll ich nun zu erst versorgen? dich oder dich?

Rezitativ.

Du liebe Nachtigall sollst stets an meinem
Bette hangen,
Du singst mir oft der Liebe Klagen vor,
Bei deinem Flötenton schallt mir mein einzi-
ges Verlangen,
Der Name Joseph in mein lauschend
Ohr.

Arie.

Deine Töne Philomelle
Sind der Liebe schon bekannt,
Weil der Ruf der sanften Kehle
Sanfte Herzen oft verband.
Sängerin der holden Triebe,
Stimm in meine Töne ein,
Sing von Freundschaft
Sing von Liebe
Sing von Joseph, du bist mein,
Mein Herz liebt dich ganz allein.

(geht ins linke Seitenzimmer ab.)

Achter Auftritt.

Frau v. Tiefſinn, Herr von Tu
lippan.

Fr. v. Tieff. Herr von Tulippan ſagen
ſie mir aufrichtig, finden ſie in den
ganzen Garten, nur ein einziges Plätz-
chen, daß ſie amuſiren könnte?

Tulippan. Nicht im geringſten, gnädige Frau! es iſt alles ſo geſchmacklos!

Fr. v. Tieff. Der Bürger ſieht bei je-
dem Baum heraus.

Tulippan. Und Euer Gnaden bezahlen vermuthlich nicht wenig dafür?

Fr. v. Tieff. Ich bezahle, dem Himmel
ſey Dank, gar nichts! — doch was ſeh'
ich (riecht zum Blumenſtock) ſie Loſer!
dieſe unvermuthete Freude, haben ſie
mir gemacht?

Tulipp. Freude! welche Freude?

Fr. v. Tieff. Da den Roſenſtock auf
meiner Toilette!

Tulipp. Roſenſtock? ja wirklich!

Fr. v. Tieff. Beſter Herr von Tulippan! diese Galanterie vergoldet sie bei mir.

Tulipp. Aber gnädige Frau!

Fr. v. Tieff. Das soll ihnen reichlich vergolten werden. Und was sehen meine Augen? — ein Herz von Brod gebacken? o sie loser Junge! daß muß ich gleich versuchen. (bricht es)

Louise. (sieht aus der Thür) O weh meine Stiefmama! (macht die Thüre zu, läßt sich aber öfters sehen.)

Fr. v. Tieff. Eine goldene Uhr?— Herr von Tulippan, sie rühren sich! — Und diese Ohrgehänge! Schatz Engerl! — und wenn mein Mann jetzt da stünde, so müßt ich sie küssen. Aber, sagen sie mir, womit ich Ihnen alles das ersetze?

Tulipp. (bei Seite) Da mag der Henker klug werden!

Fr. v. Tieff. Herr von Tulippan, wenn mir der Himmel einst Reichthum bescheren sollte, dann sollen sie das Präsent sehen, das ich ihnen machen werde.

Tulipp. Ich komme dann zu einer Ehre, die —

Fr. v. Tieff. Ich glaube gar diese Ohrgehänge — ja wahrhaftig! sie sind Brillanten. Sich meinetwegen so viele Kosten zu machen!

Tulipp. Kleinigkeiten gnädige Frau!

Fr. v. Tieff. Kleinigkeiten nennen sie das? He Theres! Theres!

Neunter Auftritt.

Vorige. Therese.

Therese. Was befehlen Euer Gnaden?

Fr. v. Tieff. Da betrachte sie einmal das schöne Präsent, das Herr von Tulippan mir so eben machte. Nro 1. da dieser Rosenstock!

Therese. (riecht) Ein herrlicher Geruch! (zu Tulippan leise) So Herr von Tulippan!

Tulipp. (auch heimlich) Ich bin unschuldig!

Fr. v. Tieff. Jetzt sieh sie einmal da diese kostbare Uhr — diese brillantene Ohrgehänge!

Therese. Schön gnädige Frau! kostbar! schön! zu Tulippan) Ha Treuloser!

Tulipp. Nicht der Sand im Rosenstock
ist von mir, vielweniger die Brillanten.

Therese. Also woher denn das alles?

Tulipp. Das weiß der Himmel, ich
nicht.

Fr. Tieff. Nun muß ich auch das Brod
versuchen. Köstlich, so geschmackvoll,
wie eine Torte (beißt in ein großes Stück
und der Brief bleibt ihr im Munde) Was
Henker ist den das? — ein Brief?
(liest) Louise meines Herzens! — Ha!
also an meine Stiftochter?

Tulipp. Gnädige Frau! ich weiß von
allen dem nicht eine Sylbe.

Terzett.

Fr. v. Tieff. Fort Betrüger aus dem Hause,

Therese. Deine Falschheit kenn' ich schon.

Tulipp. Warum soll ich aus dem Hause,
        Ich weiß nicht ein Wort davon.

Fr. v. Tieff. Seht den Heuchler, seht den
        Affen!

Therese. Wie er sich verstellen kann.

Tulipp. Gleich soll mich der Himmel stra-
        fen,
        Wenn ich weiß, was ich gethan.

Fr. v. Tieff. Wüßt ich doch nur, wie ichs
mache

Therese. Wie zahl ich den Falschen aus?
Ha! ich weiß schon meine Rache;
Ewig muß er aus dem Haus.

Fr. v. Tief.) Hurtig, hurtig aus dem Haus

Therese.) Sieh die Thüre da hinnaus.

Tulipp. Meine Damen ach ich bitte
Ich weiß ja kein einziges Wort,

Fr. v. Tieff. Ganz umsonst ist deine Bitte,
Marsch auf immer, fort! fort!
fott!

Tulipp. Ach ich bitte!

Fr. v. Tieff.)
Therese   )   Fort aus dem Haus

Tulipp. Ach so hört doch!

Fr. v. Tieff.)
Therese.   )   Hinnaus! Hinnaus!

(sie werfen ihm zur Thüre hinnaus.)

Zehnter Auftritt.

Frau v. Tieffsinn. Therese.

Fr. v. Tieff. (setzt sich) Therese! gieb
mir Odelis, mir wird ordentlich
schlimm.

Therese. Hier gnädige Frau.

Fr. v. Tieff. (riecht zum Fläschchen) Was schreibt denn der artige Herr. (liest) "Louise meines Herzens! Ein aufrichtiger deutscher Junge, bietet Ihnen sein Herz und seine Hand an ein einziges Wort von Ihnen, ja oder nein, wird sein künftiges Schicksal entscheiden. Joseph Körner Bäckermeister." Therese! Herr von Tulippau ist unschuldig.

Therese. Der arme Narr! und wir warfen ihn so unbarmherzig zur Thüre hinaus.

Fr. v. Tieff. Joseph Körner Bäckermeister! Ist das nicht unser jetzige Hausherr?

Theres. Ja! gnädige Frau.

Fr. v. Tieff. Und der gemeine Bürgerssohn untersteht sich einen Heyrathsantrag an ein Fräulein zu machen? — Den will ich eine Antwort senden, daß er sich wundern soll. Therese! geh' sie mir auf der Stelle zum Herrn von Tulippan und sage sie ihm, daß es mich sehr schmerzt, ihn beleidigt zu haben. Er möchte kommen und zur Aussöhnung sich auf eine Spazierfahrt mit mir gefaßt machen.

Therese. Gleich gnädige Frau!

Fr. v. Tieff. Therese! komm sie mir ja nicht ohne Herrn von Tulippan!

Therese. Sorgen Euer Gnaden nicht ich bringe ihn sicher.

(sie geht zur Thüre.)

Eilfter Auftritt.

Vorigen. Hr. v. Tulippan.

Tulippan. (unter der Thüre.) Nein nicht bringen, er ist schon hier.

Fr. v. Tieff. Liebster, bester Herr von Tulippan!

Therese. Kommen sie doch herein!

Tulipp. Sie sind von meiner Unschuld überzeugt?

Fr. v. Tieff. Vollkommen!

Tulipp. Dann bin ich ganz glücklich.

Fr. v. Tieff. Der, so den Brief und alle die schönen Präsenter schickte —

Tulipp. Ist ein gemeiner Bürger. Weiß alles alles, hab jedes Wort vor der Thür mit angehört; dachte gleich Euer Gnaden würden mich arme Unschuld bald wieder zurück berufen.

Fr. v. Tieff. Vergeben sie mir doch?

Tulipp. Diese Frage an einen threr getreuesten Diener!

Fr. v. Tieff. Also vergeben und vergessen. Diesen Brief müssen sie mir sogleich hernach und zwar in meinem Namen an den Bürgerssohn beantworten.

Tulipp. Heute nicht gnädige Frau, heute dächt' ich, sollten wir uns ganz dem Vergnügen überlassen,

Fr. v. Tieff. Auch das! — also wie denken sie, daß wir den heutigen Tag beschliessen?

Tulipp. Ist es mir zu bestimmen erlaubt?

Fr. v. Tieff. Ganz!

Aria.

Tulipp. So laßt uns paradiren
Im goldenen Phäton!
Bald hin, bald her kutschieren!
Ich kenn die Mode schon.
Ich Unschuld in der Mitte
Und rechts die gnädige Frau,
Dann links nach unsrer Sitte,
Theres als Kammerfrau,
Ich glänze wie die Sonne
Als *Amor enchanté*
Dann speisen wir voll Wonne
Und freuen uns *à tré*.

Allegro.

Harmonie von Instrumenten
Feiern dann des Tages Glanz,
Um die Freude voll zu enden
Schließt ein froher Kontretanz.
La la la ꝛc. ꝛc. ꝛc.

(Sie singen zuletzt mit einander und tanzen dazu. Tulippan ab.)

Zwölfter Auftritt.

Frau von Tiefsinn. Therese.

Fr. v. Tieff. Das bleibt nun wahr und sicher, daß es außer Herrn von

C

Tulippan wenig Männer giebt, die so galant und artig sich zu betragen wissen. Therese was machen wir nun mit diesen Präsenten?

Therese. Wenn ich an Euer Gnaden Stelle wäre, ich wüßte es schon, wie ichs machte. Diesen Rosenstock würde ich der Fräulein großmüthig überlassen, die Uhr aber, nebst den Ohrgehängen, behielt ich für mich.

Fr. v. Tieff. Das ist ein superber Gedanken. Da! für diesen klugen Einfall geb' ich dir meine Uhr.

Therese. (küßt die Hend.) Ich küße tausendmal die Hand Euer Gnaden.

Dreyzehnter Auftritt.

Vorige. Louise.

Louise. (die die Szene mit angehört hat, tritt schnell heraus.) Gnädige Frau! über ihre eigene Uhr mögen sie schalten und walten, wie sie wollen, über diese Sachen, aber wird mein Vater bestimmen, wer sie tragen soll. (nimmt ihr die Uhr und Ohrgehänge.)

Fr. v. Tieff. Impertinent! ist das eine Sprache gegen eine Mutter?

Louise. Leider nur Stiefmutter! (nimmt den Rosenstock, und geht in ihr Zimmer.)

Fr. v. Tieff. (und Therese sehen einander an.) Therese!

Therese. Gnädige Frau!

Fr. v. Tieff. Gieb sie mir meine Uhr wieder.

Therese. (traurig.) Da ist sie!

Fr. v. Tieff. Sie soll dafür von mir ein Kleid bekommen.

Therese. Tausend Dank gnädige Frau!

Fr. v. Tieff. Diese Behandlung werde ich aber zu rächen wissen.

Vierzehnter Auftritt.

Vorige. Herr von Tulippan.

Tulippan. (schnell eintretend.) Meine gnädige Frau, in wenig Minuten können wir fahren — doch was seh' ich, ist Ihnen nicht wohl?

Fr. v. Tieff. Wird schon besser werden. Haben sie meinen Alten nicht
gesehen?

Tulippan. Als ich in das Haus her-
eintrat, so kam der Herr Gemahl aus
dem Garten, an der einen Hand führ-
te er einen tyroler Bauer, und an
der andern, ein tyroler Mädchen.

Fr. v. Tieff. Bauersleute aus Tyrol?

Tulippan. Ja gnädige Frau!

Fr. v. Tieff. Das ist gewiß ein Be-
such von seiner Freundschaft. Therese,
seh sie doch einmal nach, und wenn
es Leute von seiner Verwandschaft
sind, so laß ich mich gar nicht vor
ihnen sehen. Lieber will ich so lange
sie hier sind, einige Tage auf dem
Lande leben. Therese hurtig!

Therese. Gleich gnädige Frau!

Fr. v. Tieff. Mir wär's ohnmöglich,
so ein ungehobeltes Bauernvolk vor
mir zu sehen.

Therese. Gnädige Frau, sie kommen
schon.

Fr. v. Tieff. Sagt ichs doch! kommen
sie Herr von Tulippan, komm sie Therese. (Alle ins Nebenzimmer.)

Funfzehnter Auftritt.

Herr von Tiefsinn. Wastel. Liesel.

Hr. v. Tiefsinn. Nur herein lieber Bruder, nur herein liebe Base.

Wastel. Aber sagt's mir nur ihr Wiener Leut, warum bauts eng denn engere Häuser gar so hoch? bei eng muß man ja steigen, als wenn man bei uns in Tyrol auf die Alma nauf gieng.

Hr. v. Tieff. Lieber Bruder, um der schönen Aussicht willen übersieht man kleine Ungemächlichkeiten. Das ist also deine zweite Frau?

Wastel. Bei uns in Tyrol wissen wir nichts von Frauen, wir haben nur Weiber. Schau, bist selbst ein geborner Tyroler und redst so dappisch. Du Liesel sez di nieder.

Liesel. (sezt sich.)

Wastel. Aber jetzt sag mir du, wo ist denn dein Weib, daß ich sie noch nit g'sehn hab'?

Hr. v. Tieff. Vermuthlich auf ihren Zimmer, aber sie wird bald kommen.

Wastel. Hats a so guts Herz, wie dein erstes Weib?

Hr. v. Tieff. (seufzt.)

Wastel. Ja seufzen mußt mir nit, sonst geh i dir gleich aus dem Haus. Hats a saubres Gefries?

Hr. v. Tieff. So, so!

Wastel. Hats Geld g'habt?

Hr. v. Tieff. Nicht einen Kreuzer! sie war Kammerjungfer und machte mich durch diese Heyrath zum Amtssekretär.

Wastel. A solche hast g'nommen? nu die wird dir die Brennsuppen weiter nit hart einbrocken.

Liesel. (hat sich indessen mit der Toilette beschäftigt und sich angestrichen, läßt sich aber mit dem Gesichte nicht eher sehen, als jetzt, da sie den Hut, der auf den Tische lag, aufgesetzt hat.) Du Wastel! schau mi amal an!

Wastel. Ha ha ha! jetzt siehst du just aus, wie unsere alte Gräfin, wenns in die Stadt eini fahrt.

Sechszehnter Auftritt.

Vorige. Frau von Tieff. Herr von Tulippan. Therese.

Fr. v. Tieff. (zur Liesel.) Mein liebes Kind fremde Sachen muß man nicht verderben.

Liesel. Ha narrische Tolginn, i werd dirs wohl nit fressen.

Hr. v. Tieff. (zum Wastel.) Nun da ist meine Frau, (zur Fr. v. Tieffinn.) Mein Schatz, da führe ich dir meinen leiblichen Bruder auf; und diese hier, ist seine zweite junge Frau.

Fr. v. Tieff. Ist mir sehr angenehm, sie bei uns in Wien zu sehen. Therese! meine Handschuh. Kommen sie Herr von Tulippan!

Wastel. Du Schwagerinn! bleib da, a paar Handschuh kann i dir geben. Schauts a mal an! da hast du a ganz Dutzend.

Fr. v. Tieff. Ei die sind schön! — sie kosten?

Wastel Sie koſten weiter nichts, als a gut's Geſicht, und wenns an nit gern bei engs habt's, uns aufrichtig zu ſagen, ſcherts eng weiter.

Fr. v. Tieſſ. Ei, wer wird auch ſo grob ſein!

Wastel. Aufrichtigkeit, iſt bei uns Tyrolern keine Grobheit.

Hr. v. Tieſſ. Du Frau, wie wärs, wenn wir heut alle in Prater ſpeiſten?

Fr. v. Tieſſ. Das iſt auch mein Gedanke. Weißt du was, fahre du mit deiner Freundſchaft hinab; ich und der Herr von Tulippan fahren indeſſen ein wenig ſpazieren. Bis zwei Uhr ſehen wir uns in Prater.

Hr. v. Tieſſ. Bin zufrieden. (zu Tulippan.) Vetter! auf ein Wort. Geſtern ſprach ich mit ihren vorgeſetzten Amtsrath, er iſt ſehr unzufrieden mit ih-nen. Sie vernachläſſigen das Amt, worinn ſie dienen. Alles dieſes macht meinem Hauſe keine Ehre. Ich hoffe daß die heutige Spazierfahrt mit meiner Frau die letzte iſt.

Tulippan. Wie sie befehlen, mon cher
consin, wie sie befehlen. Gnädige
Frau, ist ihnen gefällig mit ihren
Arm zu biethen?

Fr. v. Tiess. Ich bin bereit! Adjeu
Schatz: um zwei Uhr sehen wir uns
in Prater. Adjeu! ehrlichen Tyroler.
Adjeu!

Tulipp. Adjeu! Adjeu!

(Herr von Tulippan, Frau von Tiefsinn und
Therese gehen ab.)

Wastel. Du! der sieht a besser zu deiner Frau, als du. Jetzt fallt mir was
ein, wo hast du denn deine Tochter,
von deiner ersten Frau?

Hr. v. Tiess. Potz Wetter! darauf
hab ich ganz vergessen. He! Louise!
Mariane! Louise.!

Siebenzehnter Auftritt.

Vorige. Louise. Mariane.

Mariane. (kommt mit dem Frühstück.)
Gnädiger Herr! hier ist das Frühstück!

Hr. v. Tieff. Laß sie das. — Heute nehmen wir Frühstück im Prater und speisen auch dort. Wo ist die Louise?

Mariane. Da kömmt sie eben.

Louise. (tritt von der andern Seite ein.)

Hr. v. Tieff. Komm her Louise, das ist mein Bruder, und diese ist seine zweite Frau.

Louise. Allerliebster Herr Vetter, ich küsse ihnen die Hand.

Wastel. Jetzt gehst gleich mit a Hand küssen! die Hand gieb uns, nacher is genug. So, schau!

Liesel. Grüß dich Gott Basel!

Louise Auweh! die Frau Base drückt mir ja die Finger zusammen!

Liesel. Ihr seid kuriose Madle in der Stadt, man darf eng kaum anrühren, so schreits gleich.

Hr. v. Tieff. Also lieber Bruder, wenns dir recht ist, so können wir gleich fahren.

Wastel. In kan Wagen bringts mi nit eini; i geh mit meiner Liesel ganz langsam obi, unten werden wir schon wieder zusammen kommen.

Liesel. Du Schwager, mach fein, daß
wir Spielleut a kriegen, du mußt nacher tanzen mit mir, hast mi verstanden.

Wastel. Sa, Sapperment! Spielleut
müssen wir a haben! denn wo Ty-
rolerleut sein, da muß alles lustig und
lebendig sein.

Duett.

Die Tyroler sand often so lustig so froh,
Sie trinken ihr Weinel und tanzen a so
Früh legt man sich nieder
Früh steht man dann auf
Klopfts Madl aufs Miba
Und arbeit brav drauf.
Und kommt denn a Kirta, so schaut man zum
Tanz,
Der Jodel führt die Nannerl, die Gretel den
Hans
Da dreht sichs, denns Weibl, da dreht sich der
Bau,
Er nimmt sie beim Leibel und juchazt dazu.

* * *

Die Tyroler sand often so lustig so froh 2c. 2c.
Sie sorgen für die Stadtleut mit Milli und
Kaß,
Sie treiben die Kühen auf die Almer insGras.
Sie jodlen und singen und thun sich brav um
Und hüpfen und springen wie dieGemsen herum

Die Tyroler sand often ꝛc. ꝛc.
Hat aner a Schazerl, so bleibt er dabei,
Und giebt ihn a Schmazerl und liebt sie recht
        treu,
Da kriegens denn Kinder, wie die Kugeln so
        rund,
Die zappeln und springen, wie die Hechten so
        gesund.
        (beide tanzen ab)

Achtzehnter Auftritt.

Vorige ohne Wastel und Lisel.

Hr. v. Tieff. Also macht Kinder, daß
    wir bald nachkommen. Was fehlt die
    Louise? du bist nicht so helter wie sonst.

Louise. Bester Vater, ich liebe!

Hr. v. Tieff. Und darum bist du so trau-
    rig?

Louise. Das nicht, aber die Stief-
    mutter!

Hr. v. Tieff. Dacht ichs doch! rede
    mein Kind.

Louise. Bester Vater!

Hr. v. Tieff. Bin ich nicht mehr dein
    Freund?

Mariane. Ei Fräulein warum sollten
sie es denn nicht frei sagen, wie die Sache liegt. Sehen sie gnädiger Herr,
heute früh schickte der junge Hausherr, durch meinen Liebhaber, den Bäcker Jodel einige Präsenten. Das erste war eine Nachtigall, das zweite ein
Rosenstock, und das dritte ein gebocke-
nes Herz, worinnen eine goldene Uhr
und zwei brillanten Ohrgehänge waren.
Die gnädige Frau aber wollte sich die
Uhr, nebst der Ohrgehängen eigen machen und drohte nach ihrer gewöhnli-
chen Art, daß das Fräulein den alten
Buchhalter heyrathen müßte.

Hr. v. Tieff. Dazu werde ich auch ein
Wort sprechen. Laß einmal sehen. Jetzt
aufrichtig Louise, hast du mit den jungen Burgersmann schon längere Bekanntschaft?

Louise. Ich habe ihm noch nie gesprochen.

Hr. v. Tieff. Das ist nicht möglich! diese prächtige Geschenke widersprechen
deinen Worten.

Louise. Dieser Brief ist das einzige, was er mit mir gesprochen.

Hr. v. Tieff. Wann schrieb er diesen Brief?

Louise. Auch erst heute lieber Vater!

Mariane. Ja! ja! gnädiger Herr, das kann ich bezeugen.

Hr. v. Tieff. (liest den Brief still) Bist ein wackerer deutscher Junge. Mariane geh sie hinab, sag sie ihm; ich ließ ihm bitten, mit uns nach den Prater zu fahren.

Louise. O bester Vater!

Mariane. O sie goldener gnädiger Herr! aber gnädiger Herr dürfte denn mein Jodel nicht auch mit kommen?

Hr. v. Tieff. Alles soll kommen! das ganze Haus, alle Bäckerjungen, alles was nur Hände und Füsse hat, soll in Prater fahren.

Mariane. Mein lieben Jodel muß rückwärts auf der Kutschen stehen, und da laß ich so geschwind fahren, daß er sich aus den Athem rufen soll. Wart nur Jodel, ich will dir den Spaßen schon vergelden. (lauft ab)

Hr. v. Tieff. Louise, ich gehe indessen voraus; fahrt ihr nur zusammen hinab.

Louise. Und der Herr Joseph auch in meiner Kutsche?

Hr. v. Tieff. Nun er wird sich wohl als ein Liebhaber in den zweiten Wagen setzen wollen! — sieh Mädchen, wo fehlts! —

Louise. O sie bester gütigster Vater!

Hr. v. Tieff. Dein Freund, liebe Louis dein wahrer Freund!

Finale.

Louise. Wonne lächelt um Louisen,
Den ihr Vater ist ihr Freund,
Komm o Joseph mich zu küssen
Mir mein Leiden zu versüssen,
Weil das Glück uns bald vereint.
Hohes Glück ist mir beschieden,
Schwellt mein Herz in Busen an,
Denn mein Vater ist zufrieden,
Und mein Joseph wird mein Mann.

(will ab, dazu Mariane und Joseph.)

Mariane. Seht hier bring ich den Geliebten
Beizustehen der Betrübten
Jetzt geschwinde Arm in Arm.

Joseph. Bestes Fräulein darf ich hoffen,
Ist das alles eingetroffen,
Was die Freundinn mir erzählt?

Mariane. Ja bald werden sie vermählt!

Louise. Ist ihr Herz, wie ihre Blicke,
　Bleiben sie mir ewig treu?

Joseph. Ewig bleib ich treu!

Mariane. Ihnen lächelt Amor Glücke
　Arm in Arm so ist vorbei.

Louise.)　Ach wie schlägt bei deinem Na-
　　　　　　　　men

Joseph.)　Mir mein Herz so froh und
　　　　　　　　warm

Mariane. Gehn wir alle nun zusam-
　　　men,
　　Hurtig, Hurtig, Arm in Arm!

Louise.)
Joseph)　Welche Wonne du bist mein!

Mariane. Du bist sein und er ist dein.

Louise.)　Welche Wonne, welche Freu-
　　　　　　　de,

Joseph.)　Du verbindest nun uns beide
　　Gründest unser Glück allein
　　Deiner Treue schöner Lohn.

Mariane. Still davon ich liebe ja,
　　Wär mein Jodel doch schon da .

(dazu Jodel, Bäckergesellen und Buben.)

Jodel. Ja ja der Jodel ist dabei
　　Mit ihm die ganze Bäckerei

Joseph. Nun hört mich an, ihr guten
　　　　Leute,
　　Wir gehen in den Prater heute
　　Und woll'n wir uns als Freunde
　　　　freu'n.

Gesellen. Juchhe! laßt uns in Prater
　　　　heute

Beim Bier und Wein recht luftig
sein.

Joseph. Louise wird mir mein Glück
geben,
Mein Mädchen liebet mich so treu.

Gesellen. Juchhe! hoch soll Louise
leben;
Ihr lieber Joseph auch dabei.

Jodel. Da schauts a mal mei Mariandl
Die wär' wohl a, a Weib für mich?

Gesellen. Geb' acht, das ist a g'wagter
Handel!
Das Mädel ist zu g'scheut für dich.

Jodel. Wenns g'scheut is, hats drum nö
ka Gefahr,
Der Jodel ist ja a ka Narr!

Joseph.) Nun also fort in Prater
heute,
Louise.) Fort, fort, zur Wonne und
zur Freude.

Alle. Nun also fort in Prater heute,
Fort, fort zur Wonne und zur Freude!
Da wollen wir essen und trinken,
Da wollen wir kugeln und rutschen,
Da wollen wir tanzen und springen
Da wollen wir schaukeln und hut-
schen,
Bis Morgen die Sonne uns scheint
Im Prater, wo die Hirschen rum
springen
Im Prater wo die Vögel uns singen;
Sei! Freundschaft und Liebe vereint.

Ende des ersten Aufzugs.

D

Zweiter Aufzug.

(Ein Theil von Prater. Eine Wirthshütte steht in der Mitte mit einem Schild. Man hört von allen Seiten musiziren, zum Beyspiel "Türkische Musik, Trommeln, und Pfeiffen, wie ein Ringelspiel, Harmonie, Harfen, Kegelscheiben, bisweilen hört man auch einen Buben ruffen:" Alle Neune! oder wieder" Einen Pudel! dann kommt :)

Erster Auftritt.

Der Wirth und vier Kellner.

Wirth. (Lauft unruhig hin und her)
Aller Orten giebt es Leute
Und zu mir kömmt niemand her!

Kellner. (decken die Tische.)

Wirth. Alle gehen auf die Seite
Und bei mir ist alles leer.
Jackerl, Hansel, Stefel, Sepperl,
Lauft herum und bringt mir Leute.
So ein schöner Tag wie heute,
Und kein Teufel läßt sich sehn!

Kellner. Wenn die Leute weiter gehn,
So sind wir nicht schuld daran
Wenn sie gut bedient sich sehn,
Beißen sie von selbsten an.

Wirth. Theilt euch aus auf allen Seiten,
Sprechet wacker zu den Leuten.

(Einige Gäste gehen über'n Prater oder
Theater, die Kellner vertheilen sich auf
vier Seiten, der Wirth vertritt einigen
Leuten den Weg.)

Wirth u. Gnädige Herren, gnädige Frau=
Kellner.   en,
Kommen sie zu uns herein!
Was sie schaffen, schöne Frauen,
Soll zu ihren Diensten seyn.

(die Gäste verlieren sich wieder,)

Kellner. Niemand siehet, Niemand hö=
ret,
Alles schleichet rund um's Haus,
Und am Ende lacht ein jeder,
Uns noch obendrein brav aus.

Wirth. Hol der Teufel alle Gäste!
Was ich thun will ist das Beste.
Laßt die Hänneln uns verzehren
Und die Schlegel obendrein.
Um die Leute recht zu scheeren,
Sauffen wir den besten Wein.

Zweiter Auftritt.

Jodel, dann der Wirth.

Jodel. Herr Joseph! Herr Joseph! Er ist halt nit zu finden. Auweh, auweh! — das ist doch a saubere Rekra, tion, statt zu essen und zu trinken, lauffen die Leut wie närrisch im Pra, ter herum.

Wirth. Mit was kann ich aufwarten? gebratene, gebacknc Hänneln? — oder befehlen sie etwa ein Glas Wein?

Jodel. (mürrisch.) Bin weder hungrig noch durstig, bis i meinen Herrn wie, dergefunden hab.

Wirth. Ist ihr Herr a Fremder?

Jodel. Wir seyn alle zwey fremd.

Wirth. Vielleicht a paar Engländer?

Jodel. Nit gar so weit, wir sind a paar Wiener.

Wirth. So seynds ja keine Fremde?

Jodel. Justament fremd seyn wir nit, aber in Prater seyn wir keiner von uns gebohren.

Wirth. (bei Seite.) Das is a dummer

Kerl übereinander. — Wer ist denn
eigentlich sein Herr?

Jodel. Mein Herr ist a Hausherr in
Wien, und ich bin der Bäckenjodel.

Wirth. Aber, wie seyn's denn aus einander kommen?

Jodel. Das is jezt die Hauptsach! —
Schau er, um ihm die Sache recht be-
greiflich zu machen, so muß er wissen,
daß i, und mein Herr a paar abscheulich verliebte Kampln sind.

Wirth. Wirklich?

Jodel. Nu, das soll er mir ja an der
Nase ansehen! — Jetzt schau er,
mein Herr hat sich in a Fräulein
verliebt. Er ist freylich nur a Bürger, aber i sag halt, die Liebe kenn
kein Bürgerstand, kan Bauernstand, und
kan Adelstand! denn wo sie sich a mal
ansetzt, da bleibts haken, wie a Klet-
ten, und bei mir backts a schon!

Wirth. Aber a verliebter Mensch, soll
doch a Bissel durstig seyn, und a Glas
Wein bei mir trinken.

Jodel. Nu, meinetwegen; so laß er

mir halt geschwind an bringen; aber
lang kann i mi nit aufhalten.

Wirth. He! Seppel, bring a Maurer
36er.

Jodel. Na! na! der 36er ist mir zu
theuer, an 12er.

Wirth. Bring du nur 36er. Wer bei
mir a guts Glas Wein haben will,
der muß sich an 36er halten. Denn
bei mir heißt der 12er und 16er nit
viel. Also wo seyn mir blieben?

Jodel. Bei der Lieb!

Wirth. Richtig, bei der Lieb!

Jodel. Jezt schau er, just die große Lieb
ist schuld, daß die ganze Gesellschaft
aus einander gegangen ist.

(Kellner bringt Wein, der Wirth schenkt ein.)
Na, wart a Bisel! die Lieb is nit
Schuld; da müßt ich der Lieb Unrecht
thun. Aber a stolze Stiefmutter ist
Schuld. — Kurz und gut, die nehmli-
che Stiefmutter war auch bei uns am
Tisch. Wie sie aber g'sehen hat, daß
sie unter uns Bürgern essen soll, so
fahrts vom Sessel auf, wirft den Tisch'

sammt den Essen um, so daß die por=
zellanere Teller nur rund g'flogen seyn;
Ihr Herr der kann Hännel beleidigt,
der wollte sie besänftigen und aufhal=
ten, sie aber reißt sich aus, giebt mit
ihrer Rechten ihrem eigenen Herrn a
Ohrfeigen, und mit der Linken der
Fräulein Tochter. — Jetzt kann sich der
Herr die Wirthschaft denken, wie's da
ausgeschaut haben muß; die fremden
Gäste seyn hundertweis hergelaufen,
und haben sich über das Spektakel fast
zu todt g'lacht. — Von allen Gästen
aber bin i bei der Affär am abscheu=
lichsten davon gekommen.

Wirth. Wie so?

Jodel. Wenn der Disput nach dem
Essen angefangen hätt, so wärs mir
nit geschehen, aber so hat die Hunds=
komedie just ang'fangen, wie 's Rind=
fleisch und's Sauerkraut auf dem Tisch
war. — Jetzt auf'm Sauerkraut wa=
ren so schöne Würsteln; wie aber der
Teufel so ganz auf'm Boden gelegen ist,
so denk i mi, so a Würstel muß i doch

aufglauben; — ich buck ;mt, greif aber kaum nach der Wurst, so beißt mi den Wirth sein großer Wolfshund, so in die Hand eini, daß i die Wurst gleich wieder hab fallen lassen.

Wirth. Jezt aber, wer hat denn bei der ganzen Affär den Schaden zahlen müssen?

Jodel. Mein Herr hat a Bankozettl mit 100 fl. hergeben, und ist so hungerig davon gangen wie wir alle.

Wirth. (bei Seite) A solches Glück wenn i a mahl hätt, i wollt aufschreiben. — also hat sich die ganze Gesellschaft trennt?

Jodel. Alles ist auseinander.

Wirth. Wie schaut denn ihr Herr aus? oder was hat er an?

Jodel. Er ist a großer recht saubrer Mensch!

Wirth. Was hat er denn für a G'wand an?

Jodel. Heut hat er einen blauen Kaput an, und runde Haare.

Wirth. Jezt weiß ich schon; also wenn er wa n::: is l, so g:ll ih i:) x as:.

Jodel. Sag er nur, wenn er ihm sehen
sollt, der Bäckenjodel kommt wieder
her da!

Wirth. Das wär so was, wenn wir die
ganze Gesellschaft wieder zusammen
kriegen könnten.

Jodel. Er kann zu frieden seyn, wenn
i, mein Herr, und unsere zwey Mädls
kommen.

Wirth. Also ich kann mi verlassen?

Jodel. Da ist meine Hand! — denn
wo mein Herr is, da bin i a.

Wirth. Jezt schick i gleich meine Kellner in ganzen Prater aus. — Her muß
er, wenn er ein Brett vor'm Kopf hätt.

Duett.

Jodel. Herr Wirth, jetzt muß ich wieder
fort,
Adjeu! Adjeu! Adjeu!
Wirth. Ja lauffen's nur geschwinde fort,
Adjeu! Adjeu! Adjeu!
Ich richt a gutes Bratel dann,
Und geb den besten Wein.
Beide. Dann wird Musik herbeigebracht,
Trompeten, Pauckenklang!
Dann tanzen wir die ganze Nacht,
Bei Jubel und Gesang.
Dum, dum, dum, diebldum,
Adjeu! Adjeu! Adjeu!
(gehen beide ab)

Dritter Auftritt.

Herr v. Tiefsinn, dann Wirth
und mehrere Kellner.

Tiefsinn. (mit zusammengeschlungenen Augen) Wo ich immer hin sehe, steht die scheußliche Gestalt meines Eheteufels mir vor Augen. — Du verdorbenes Weib! war es nicht genug, daß ich zu allen deinen Thorheiten schwieg? Mußt du, um mir deine Abneigung vor der ganzen Welt zu zeigen, mich und meine Tochter nach mißhandeln, uns zur niedrigen Stadtgeschichte herabwürdigen, mich als einen Betrüger in meinem Amt, vor allen Anwesenden ausrufen? — mich um Brod und Ehre zu bringen; Ha! (Pause) dieser Schlag, Weib, soll ewig marternd dir in deiner Seele brennen-

Wirth. (kömmt zurück) Sapperment! da sizt ja auch einer, als wenn er noch nicht gesessen hätte. — — Schaffen Euer Gnaden zu speisen? oder beliebt vielleicht ein Glas Wein? — He! Kellner! hört doch zu fressen auf, wir kriegen heut noch Gäst! — Kommt her da! — Jezt du gehst da naus — du dahin! — du dort hinaus — du gehst links obi; und wenn ihr einen jungen Herrn in einem blauen Kaput sieht, so führt ihn, ohne lange zu fragen daher. Habt's mich verstanden?

Seppel. Ey freylich!

Wirth. Du Seppel, ist a Champagner da?

Seppel. Hab noch gar kan g'sehen bei uns, so lang i da bin.

Wirth. Ist wahr! den hab ich voriges Jahr selbst gesoffen. Hat nichts zu sagen, richt nur a mal a Tyroler Wein her, und an Zucker — nacher recht abbeutelt untereinander, wenn's recht besoffen seyn, so glauben's, sie trinken den besten Champagner.

(alle ab.)

Hr. v. Tieff. (steht auf, und geht zu einen Baum.) Ha! ein stattlicher, tief eingewurzelter Baum. — Sey mir willkommen du Befreyer meines qualvollen Lebens. Unter deinen reichhaltigen Schatten, will ich endigen — Ha! Herr Wirth!

Wirth. Was befehlen Euer Gnaden?

Hr. v. Tieff. Dieser Baum ist vermuthlich sein Eigenthum?

Wirth. Ja gnädiger Herr, den hab i selbst gesetzt!

Hr. v. Tieff. (greift hinauf.) Trägt er starke Aeste?

Wirth. Er giebt auch an Schatten! Wenn i kane Gäst hab, so siz i oft Stundenlang da, und lasse mir meinen 36er schmecken.

Hr. v. Tieff. Hier hat er Geld. — Der Baum hier, ist heute für mich allein.

Wirth. Schon recht Euer Gnaden! (bei Seite.) Poz Bliz! der muß Geld haben, weil er den Plaz so theuer bezahlt. — Bis wann befehlen Euer Gnaden zu speisen?

Hr. v. Tieff. Nach Sonnenuntergang.

Wirth. Allein?

Hr. v. Tieff. Ganz allein.

Wirth. Euer Gnaden sollen bedient seyn! — dem will ich a Zech machen, daß ihm die Augen tropfen sollen.

(ab.)

Vierter Auftritt.

Herr von Tieffsinn, ein Harfenist, und Flautraversist.

Hr. v. Tieff. Erst 3 Uhr? — Ha! noch eine lange Zeit!

Harfenist. Gnädiger Herr, ist es erlaubt, uns produciren zu dürfen? (zum Flautraversist.) Fang nur an, er wird uns schon sagen, ob's ihm recht ist, oder nicht.

Aria.

Ein Weib ist das herrlichste Ding auf der Welt,
Wer's läugnet, den schlag ich auf die Goschen, das g'schwellt.

Hr. v. Tieff. (steht hastig auf, macht

eine Bewegung, als wollt er mit beyden
Händen den Harfenisten verschlingen.

Harfenist. Du sey still, der ist entweder kein Liebhaber von der Musik, oder
er kann die Weiber nicht leiden. Weißt
du was wir singen jetzt was gegen
die Weiber-

Aria.

Ihr Männer nehmt euch mit den Weibern
in Acht,
Sonst habt ihr nur Schaden und werdet
verlacht!
Die Weiber sind alle so pfiffig, so fein
Und schläfern die Männer durch Zärtlichkeit
ein,
Oft rutschet das Weibchen in Prater hinaus
Und läßt ihren Ehemann alleine zu Haus.
Drum merkt's euch ihr Männer und seyd
auf der Huth,
Die Weiber sind pfiffig, zu gut ist nicht
gut.

* * *

Ihr Männer nehmt euch vor den Weibern
in Acht,
Sonst habt ihr nur Schaden, und werdet
verlacht!
Sie streicheln euch meistens, und thun euch
schön,

Um nur mit dem Hausfreund spazieren zu
        gehn.
Und streicht so ein Hasenfuß mit ihr daher,
So thut sie, als kennte sie euch schon nicht..
        mehr
Drum merkts euch ihr Männer, und seyd
        auf der Huth,
Die Weiber sind pfiffig, zu gut ist nicht
        gut.

* * *

Ihr Männer nehmt euch mit den Weibern
        in Acht,
Sonst habt ihr nur Schaden und werdet
        verlacht!
Denn setzt ihr denn Fuß vor die Thüre
        hinaus,
So ist der Herr Vetter schon wieder in
        Haus.
Dann fährt der Herr Vetter ganz still mit
        der Frau
Auf backene Hähneln in die Brigittenau!
Drum merkt euch ihr Männer; und seyd
        auf der Huth,
Die Weiber sind pfiffig, zu gut ist nicht
        gut.

(Unter dieser Arie sieht Tiefsinn immer hin,
  so oft sie singen, zu gut ist nicht gut.)

Harfenist. Gnädiger Herr, wir bitten
   unterthänigst!
Hr. v. Tieff. Bist du verheyrathet?

Harfenist. Gewesen, aber jetzt bin ich Wittwer!

Hr. v. Tieff. Wohl dir, daß du das bist!

Harfenist. (bei Seite.) Der Mensch ist nicht gescheut.

Hr. v. Tieff. Da —

Harfenist. Unterthänigen Dank, gnädiger Herr! dürfen wir noch mit was aufwarten?

Hr. v. Tieff. Hab genug! — Hast du auch Kinder?

Harfenist. Eine einzige Tochter.

Hr. v. Tieff. Liebt sie dich?

Harfenist. Sie lebt in mir.

Hr. v. Tieff. Gieb ihr keine Stief, mutter! hörst du? ja keine Stiefs mutter — Willst du aber doch, die Thorheit begehen, so geh, und suche dir einen Strick! Gott befohlen.

(geht ab.)

Harfenist. Du, den müssen die Weiber abscheulich heimgeleuchtet haben.

(beyde ab.)

Fünfter Auftritt.

Louise und Mariane.

Louise. Joseph!

Mariane. Jodel!

(dieser Ruf geschiehet dreimal)

Louise.) Still ich hör und glaub es kaum,

Mariane.) Ist es Täuschung, ist es Traum.

Louise. Lieber Joseph!

Mariane. Lieber Jodel!

Joseph. (von weiten) Ach Louise!

Jodel. (auch von weiten) Mariandl!

Louise. Ach hörst du da?

Mariane. Ich höre ja!

Louise. Sie sind uns nah!

Mariane. Sie sind noch da!

Louise. Das ist meiner Seele Wonne
Froher schlägt mein Herz sogleich,
Liebe ist des Lebens Sonne,
Denn sie macht uns froh und reich.

(ab.)

(Der Lärm mit der Musik, u. d. g. fängt aufs neue wieder an.)

E

Sechster Auftritt.

Wastel. Wirth.

Wastel. Das wär mir a Leben in Wien! behüt an Gott, das ist ein Durcheinander, wie beim Babylonischen Thurm.

Wirth. Mit was kann i' aufwarten? gnädiger Herr!

Wastel. Jetzt laß mi aus mit'n gnädigen Herrn, oder i steck dir eini, daß du Zeitlebens an Tyroler Wastel denkst.

(der Lärm hört auf.)

Aria.

Wirth. Schaffen sie was Guts Ihr Gnaden
Bin so frei sie einzuladen
Schneckelsuppen, Kräutelsuppen
Abgegossene Knochensuppen
Schwarze Suppen, weise Suppen
Einbrennsuppen, Einmachsuppen
Rindfleisch, Bohnen, Kälberfüsse
Und ein gutes Frikassee
Kaiserfleisch mit Zwrcmüsse
Und Pasteten mit Haschee?

* * *

Linsen, Arbes, dünste Bohnen, Brö-
ckeln,
Kelch und abgetriebene Nockeln
Phasanen und Kapäunerl
Oder Struthel in a Reintel
Sachne, Hähneln, Karmenadl
Schaffens etwa Schweines Bratel
A Polakel mit Salat?

* * *

Schaffens Brauner, Bisemberger,
Grinzwger und Buttenberger,
Schaffens Offner und Tokayer
Oder Ausbruch und Maleyer
Schaffens Brod und Mandldorten
Hollerhürchen, Linzertorten,
Kiefeln Zwibach und Scheeler
Punsch und Abees und Koffee?

(läuft ab.)

Wastel. Das sein Narren! das sein
Narren! He! Wirthshaus!

Wirth. (kommt eilig.) Was ist zu Befehl?

Wastel. Bring du mir a Stückl Rindfleisch, und a Mas Wein! hast mi
verstanden?

Wirth. Will gleich aufwarten!

E 2

Wastel. Du Wirth! haft kan Hausknecht, oder Buben? geh, schick an
Bissel im Prater umar, obs mei Weib
nit sehn.

Wirth. Hast du sie verloren?

Wastel. He! Nu freilich, wenn is nit
verloren hät, ließ ichs wohl nit su-
chen.

Wirth. Ist sie noch jung?

Wastel. Nu freilich! um a alte thet
wohl nit fragen.

Wirth. Sie wird wohl a recht schön
sein?

Wastel. In Tyrol sagens a so!

Wirth. Nu gute Nacht Tyroler!

Wastel. Du Wirth! du manst vielleicht, daß ichs nimmer krieg?

Wirth. Das sag i nit! aber wenns
jung und schön ist, so fahrens die jungen Herrn an Bißl spazieren.

Wastel. Das is mir ja recht, wenn
ichs nur wieder krieg.

Wirth. Um das darfst du di gar nit
sorgen. Eifersüchtig bist du nit?

Wastel. Da wissen wir in Tyrol nichts
davon. (will ab.)

Siebenter Auftritt.

Vorige. Seppel.

Seppel. (kommt gelauffen,) Ha Tyroler! geh her da, ich muß dir was sagen.

Wirth. Nu, wie stehts Seppel? hast nichts gefunden?

Seppel. Ich hab alles g'funden, und weiß alles, was heut schon in Prater passirt ist.

Wirth. Aber kan Gäst kriegen wir halt gleichwohl nit!

Seppel. Gäst g'nug kriegen wir. Du Tyroler, du suchst vielleicht dein Weib?

Wastel. Ich such's just nit, aber wenn ichs find, wärs mir doch a recht.

Seppel. Ich hab dein Weib gesehen und häts auch mit mir genommen aber sie ist mir nicht gangen.

Wastel. Wo hast du's denn g'sehn?

Seppel. Da oben in der Prater Allee.

Wastel. Wo so viel Leut hersitzen nach einander?

Seppel. Ja! dein Weib ſitzt unter lauter jungen Leuten.

Waſtel. Mei Weib is ja a noch jung!

Seppel. Aber ſie ſein, in dein Weib
verllebt.

Waſtel. Das iſt mir a Ehr!

Seppel. Aber ich kann dir ſagen, daß
mehr, als zwölf Mannsperſonen um
ſie herum ſitzen.

Waſtel. Je mehr, je beſſer.

Aria.

Bei uns in Tyrol und im Landel
Iſt die Weibertreu often nit rar,
Dem Buben giebts Dientel ihr Handel
Und hält ihr Verſprechen auf's Haar,
Die Weiber ſind a nit ſo g'naſchi,
Sie bleiben getreu ihren Mann,
Sie machen kau Wiſchi kau Waſchi,
Und ſchaun kau andern mehr an.

* * *

Wir Männer ſein ſchon nit ſo haagli
Verliebt und verrückt ſey wir bald
Wir ſein gleich mit andern vertragli
Wenns G'ſichtel a Bißel uns g'fällt!
Es lauft uns den Augenblick 's Nadel
Vergeſſen aufs Weibei dafür
Und ſage)Mein Schatzerl mei Madl
)Du g'fallſt mir ſchöns Madl,
Und fühle ganz langſam mit ihr. (ab.)

Achter Auftritt.

Wirth. Seppel. Hausknecht.

Seppel. Jezt Herr müssen wir geschwind sehen, daß wir was frisches kochen können. Mein gewesener Hausherr der reihe Bäcker Joseph, kommt zu uns her. Nacher sein auch Frauenzimmer dabei Aber die Leut sein noch alle auseinander, wegen der heutigen Affär. Jezt sucht eins das andere!

Wirth. Aber wie kannst du den wissen, daß die Leut grad zu uns kommen?

Seppel. Das alles hat mir ein gewesener Schatz, eine gewisse Jungfer, Mariandl gesagt. Sie ist Köchin und ist auch heut bei der Raufparthie gewesen. Sie wären freilich nicht zu uns rauf kommen, aber ich hab halt die Mariandel gesagt, sie soll die Kompagnie zu uns herführen,

Wirth. Jezt wenn die Leut kommen, was koch i? i hab weder Wildpret noch sonst was!

Seppel. Aber siehts denn gar so miserabel bei uns aus?

Wirth. Unter uns gesagt: recht misera-
bél! schau Seppel i hab dich allewell
für einen guten Freund bon mir ange-
sehen, aber ich muß dir aufrichtig sagen: mit meiner Wirthschaft schaut
miserabel aus.

Seppel. Aber wenn jetzt meine be-
kannte Stadtleute kommen, so muß ich
mich in die Haut nein schämen!

Wirth. Nur staat! nur staat! es fällt
mir doch was ein. A Rindfleisch is
da, giebt man ihnen gleich ein recht
sauern Sallat dazu, so werden die Gäste durstig und vergessen aufs andere.
Also Rindfleisch und Sallat und als-
dann ein Eingemachtes. (Da sollten
freilich Krebsenschweifel dabei seyn,
aber weil i kane Krebsen nit hab, so
thut im Fall der Noth Krabsenschál gut
und da hab ich noch a ganze Schüssel
voll von acht Tagen her — a Bißl gefüllt,
so gehts a mit.

S e p p e l. Aber wo kriegen wir a Wild=
pret her?

W i r t h. Das ist der Teufel! weißt du
was, da drüben bei der Nachbarin, da
sitzen alleweil a paar große Königl=
haasen; fangs ab und bring mir, die
will ich zurichten, wie die ersten Haa=
sen. Geh lieber Seppel! lauf! schau
nur daß du mir die zwei Königlhaasen
bringst.

S e p p e l. In den Dienst bleib ich keine
acht Tage mehr (ab)

W i r t h. Und ich will mich jetzt gleich zum
Kochen herrichten. He! Bub!

K e g e l b u b (kömmt) Was schaft der
Herr?

W i r t h. (heimlich zu ihm) Da geb ich dir
jetzt vier und zwanzig Kreuzer, da drü=
ben gleich ist eine Brodsitzerinn, da
bringst du mir um zwölf Kreuzer Sem=
meln und um zwölf Kreuzer Knackwurst.
Aber lauf!

K e g e l b u b. Will gleich wieder da seyn.
(ab)

W i r t h. Aus den Knackwürsten lassen

74

sich allerhand gefüllte Speisen machen.
Du Hansel, noch eins!

Bub. (kömmt zurück)

Wirth. Da drüben bei meiner Nachbe-
rinn laufen alleweil a paar alte Hen-
ner rum, wenn du's so mit guter Ma-
nier abfangen konntest?

Bub. Die will gleich haben!

Wirth. Aber du mußt halt Acht geben,
daß dich kein Mensch sieht.

Bub. Schon recht. (ab)

Wirth. Vielleicht hilft mir der heutige
Tag wieder auf. Sapperment! jezt
fallt mir noch etwas ein. He! Franzel! Franzel!

Hausknecht. (kommt)

Wirth. Du sag mir einmal, wo seyn die
zwei Raben hinkommen, die mir gestern
der Jäger Michl geschenkt hat?

Hausknecht. Die häb i gerupft und
einpazt!

Wirth. Das ist recht. Jez mach du
geschwind Feuer, sez ein Wasser und
Sauerkraut zu!

Hausknecht. (ab)

Wirth. Die Raben steck ich nachher ins Sauerkraut eini; die Leut müssen glauben, sie essen Rebhüner und Fasanen. (ab)

Neunter Auftritt.

Herr von Tulippan. Frau von Tiefsinn. Therese.

Tulippan. (führt Frau von Tiefsinn und Therese.) Hier gnädige Frau, dächte ich, wären wir so ziemlich vom Schwarm der Leute abgesondert, oder belieben Euer Gnaden vielleicht in den Augarten, oder nach Brühl zu fahren?

Fr. v. Tieff. (in Gedanken.) Keines von beiden. (setzt sich.)

Tulipp. Also was belieben Euer Gnaden zu beschließen?

Fr. v. Tieff. Hier zu bleiben!

Tulipp. Auch hier zu speißen?

Fr. v. Tieff. Hier zu speißen!

Tulipp. Nun Gott sei Dank! so lange habe ich noch nie im Prater gehungert, wie heute. He! Herr Wirth! Kellner!

Zehnter Auftritt.

Vorige. Wirth.

Wirth. (kommt den Rock ausgezogen, eine Küchenschürze vor.) Befehlen Euer Gnaden zu speißen?

Tulipp. Versteht sich! und das für drei Personen. Was wird er uns so beiläufig geben?

Wirth. Euer Gnaden sollen gut bedient sein. Vors erste ein gutes Suppel, a schönes Rindfleisch, ein Eingemachtes mit Krebsenschweifel, a Fasan in Sauerkraut a gutes Haasel —

Tulipp. (einfallend.) Genug! genug!

Wirth. Nicht wahr? es kommen hernach schon klein faschirte Speisen auch darunter. (bei Seite.) Wenn nur die Knakwurst und Riniglhaasen schon da wären! (will gehen, kommt wieder.) Befehlen vielleicht Euer Gnaden in meinem Sommer Palais zu speisen?

Tulipp. Ha! ha! ha! jetzt hör er auf mit seinem Sommer Palais!

Wirth. Wahrhaftig Euer Gnaden, es

ist sehr angenehm und kühl dort zu
speisen.

Tulipp. Euer Gnaden befehlen?

Fr. v. Tieff. In der Hütte zu speisen!

Tulipp. Also im Sommer Palais!

Wirth. Will gleich aufdecken lassen.
He Hansel! Nro zwei in großen Sommer Palais! vor die hohen Herrschaf-
ten! (ab.)

Tulipp. Euer Gnaden sind immer noch
so in Gedanken, ist Euer Gnaden vielleicht nicht wohl?

Fr. v. Tieff. (steht plötzlich auf.) Nun
hab ichs. Ja er soll es sein. Entweder muß mein Mann sich noch heute
nach meinem Willen lenken, oder ich
bin morgen bei seinem Amtsrath und
erzähle ihm die ganze Geschichte. Sich
mit Bürgersleuten abzugeben! öffent-
lich im Prater mit ihnen zu speisen!
nein! das ist zum Schlag treffen.
Führen sie mich!

Tulipp. (führt Frau von Tieffiun und
Therese in die Hütte, wo man sie sitzen
sieht.)

Eilfter Auftritt.

Kegelbub. Wirth.

Kegelbub. (bringt zwei Hennen und hat die Knackwurst über den Buckel hängen.)

Wirth. (ihm entgegen.) Bist schon da? und die Hennen hast auch erwischt?

Bub. Die hab i erwischt!

Wirth. Bist halt gescheut' Bub! also nur geschwind eini in die Kuchel und gerupft.

Bub. (ab.)

Zwölfter Auftritt.

Wirth. Seppel.

Seppel. (mit einem Sack.) Herr da seiu die Kiniglhaasen!

Wirth. Hast kriegt? bist a galanter Kellner. Jetzt nur geschwind in die Kuchel eini 'n Balg obi zogen und nacher an Spieß. Das muß a Bratel werden, es muß kan solcher iu Prater sein.

Dreyzehnter Auftritt.

Joseph. Jodel. Louise. Mariane. Wirth.

Jodel. He! Herr Wirth! nu hab i Wort gehalten, oder nit? da seyn wie jetzt alle Viere.

Wirth. Das ist brav! das ist brav!

Jodel. Aber daß wir nur bald essen können!

Wirth. In ein paar Minuten ist alles fix und fertig.

Jodel. Nacher ist schon recht. Laß uns der Herr den Tisch da gleich decken.

Wirth. Den Platz, hörens, kann i ihnen nit geben, den hat scho'n ein Herr bestellt und hat mich sogar schon zahlt dafür. Aber da auf der Seiten, da ist gar a schöner Schatten.

Jodel. Ist a recht. Bring er uns derweil ein gutes Glas Wein.

Wirth. Gleich will i aufwarten. He! Seppel! zwei Maas Sechs und dreißiger.

Vierzehnter Auftritt.

Vorige. Wastel.

Wastel. Was, ös seids da? jetzt geht die Sach schon wieder zusamm. Grüß eng Gott alle mit einander, (alle reichen ihm die Hand.) Wißt's wo mei Weib is?

Alle. Nun?

Wastel. Die hat a alter Herr in die Kutschen eini g'hoben und is mit ihr spazieren g'fahrn.

Jodel. Wenn das mein Weib wär, das lit i schon wieder nit.

Mariane. Und wenn ich einmal dein Weib bin, so fahr ich alle Tage mit andern spazieren.

Jodel. Und i karabatsch dich hernach alle Tage frisch aus der Pfanne.

Wastel. Staat! Sapperment! fangts na nit wieder an Streit an, machts lieber. daß i was z'fressen und z'saufen krieg, denn mi hungert, als wenn i auf der Gemsenjagd g'wesen wär.

Funfzeinter Auftritt.

Vorige. Seppel. Ein Mädchen
mit Zahnstechern. Galante-
- riehändler.

Wastel. Schau du kommst recht mit
deinen Wein.

Mädchen. Endbiger Herr! kaufens
mir Zahnstecher ab.

Wastl. Jezt laß mi mit deinen Zahnstechern aus.

Mädchen. Sie sein nicht theuer.

Wastel. Laß mi mit Ruh, sag i! wer
nichts gessen hat, braucht kan Zahnstecher

Galanteriehändler (kömmt vorbei)
Wer kauft schöne Perspektiv, schöne
Fächer, schöne Augenglas?

Wastel. Wir Tyroler brauchen kane
Augengläser und jezt laßt mi in Ruh,
oder i wirf eng die Flaschen ins Ge-
frieß.

(unter der Zeit sind Joseph und Louise auf
und abgegangen, sie erblicken die Frau
Tiefsinn und Tulippan, und erschrecken)

F

Louise. Himmel! das ist meine Stif-
mutter!

Joseph. (zu Wastel) Freund gehen wir
weiter.

Wastel. Warum sollen wir weiter gehen?

Louise. Meine Stiefmutter ist hier.

Wastel. Laßt da seyn! wir sind a da!
sezt eng daher zu mir, und wenns her-
kommt und will uns das Fressen a
wieder übern Tisch obi werfen, nacher
schlag ich tyrolisch drein. Was thuts
denn da drinn?

Louise. Sie tanzt!

Wastel. Schau! schau! die kann bei
fremden Leuten a lustig seyn, als ihren
Mann! Jezt wenn wir Spielleut hätten, tanzten wir a gleich uns um und
um (es donnert von weiten) was wär
den das? ich glaub, es hat ja gar
brummt droben? (Donner) richtig! nu
das wär weiter nit übel, wenn i
wieder hungrig weggehen müßt. Wie
schauts denn aus oben? — a Bißl
schwarz ist's, aber es thut uns doch

nichts. Du! Wirth! mach, daß wir
z'fressen kriegen, sonst jagt uns das
Donnerwetter alle aus den Prater.

Sechszehnter Auftritt.

**Vorigen. Harfenist. Flautra-
versist.**

Wastel. Sapperment! da kriegen wir
ja a paar Spielleut. Nun macht uns
a recht Lustiges.

Siebenzehnter Auftritt.

**Vorige. Ein Mädchen mit
Blumen.**

Mädchen. Kaufen mir Euer Exzellenz
meine Sträussen ab.

Wastel. Exzellenz! i glaub das Mädel
sieht mi für an Doktor an.

Mädchen. Seih gar schöne Blumen.

Wastel. Kannst tanzen?

Mädchen. A freilich kann i tanzen.

Wastel. Gieb her deine Blumen. Da
mein Basel, gieb deinen Bräutigam a

ans — da habts ös a zwa — das be-
halt I (zum Mädchen) das steck du ins
Mieder. Da hast du an Gulden dafür. Jezt aber mußt ans tanzen mit
mir und es vier Bräutleut tanzt's uns
nach. Jezt Spielleut merkt's auf
was i eng vorfing, das macht mir all-
zeit nach. Will die hoffärtigen Kra-
cken da drin ärgern, das grün und
schwarz wird. Stellts eng nur hinter
meiner.

Finale.

(Wastel singt den Harfenisten immer vor)

Wer hat a bös Weiberl im Haus,
  Der klopft ihr den Buckel brav aus,
Sonst hat er sein Tag keine Ruh
  Das sagt eng der Wastel dazu.

      (Sie tanzen unter diesen Singen)

Fr. v. Tieff.) Die Keckheit ist nicht aus-
        zustehn,

Tulippan.) Nie hab ich so etwas ge-
        sehn

Therese.) Die Grobheit kommt hoch
        euch zu stehn,
        Dieß sollt ihr in kurzen bald
        sehn.

Wastel. Böse Weiber speien Feuer und
Flammen,
Und hetzen die Leute zusammen.
Sie haben a stolze Figur,
Und gleichen den Luzifer nur.

(wird getanzt, und gesungen dazu)

Fr. v. Tleff.) Mir kochet vor Rache mein
Blut,

Tulippan.) Ich zittre für Zorn und

Therese) Wuth!

(man hört schnell einen starken Donner)

Alle. O weh!

Louise. Ach hörst du den Donner nicht
brüllen?
Mein Joseph wie ist mir bang!

Joseph. Mein Arm soll den Schrecken dir
stillen,
Drum sei dir mein Liebchen nicht
bang

Louise.) Des Donners Empör und Ge-
tümmel

Joseph.) Vergeß ich mein Liebchen bei dir.

Wastel. Wie's brummt jetzt da oben im
Himmel
So brummts auch in Magen
bei mir.

(Frau von Tieffsinn, Herr von Tulippan,
Therese stehen rückwärts, die andern
vorwärts)

Alle. Fort, laßt uns geschwinde nach Hause,
Eh' uns noch das Wetter einholt

Wirth. (eilt herbei) Die Losung, die Ta-
  fel, die Jause,
    Hat alles der Teufel geholt.

Alle. Laßt uns eilen,

Wirth. Ihro Gnaden!

Alle. Nicht mehr weilen,

Wirth. Da geblieben!

Alle. Dort das Wetter!

Wirth. Kann nit schaden

Alle. Nein! nein! nein! wir gehn von hier!
    Eh wir noch Schaden haben.
      Nein! nein! nein! wir gehn von hier!

Wirth. Auweh! auweh! meine Haasen
    Auweh! — meine Raaben
      Frißt kein Teufel mehr von mir.
  (starker Donnerschlag, das Wetter wird
    heftiger)

Alle. Es donnert, es blitzet, es regnet,
    Fort laßt uns geschwinde nach Haus
    Fort, daß uns kein Unglück begegnet,
    Sonst wascht uns der Regen brav aus.
      (ein heftiger Schlag)

Alle. Oweh! fort! fort! -
    Von diesem Ort.
  (viele Fiacker kommen)

Fiacker. Nun fahren wir in die Stadt Ihro Gnaden?
    Es kostet ja nur zwei Dukaten.
    Es donnert, es blitzet, es regnet,
    Kommt laßt uns geschwinde nach
      Haus,
    Eh uns noch a Unglück begegnet
    Sonst waschst uns der Regen brav
      aus.

(viele Leute mit Regenschirmen, die übrigen mit Schnuptüchern übern Kopf, alles läuft untereinander, dann ab. Der Wirth singt unter Tutty immer allein darunter)

Wirth. O weh! meine Hansen und Raben,
Die frißt mir kein Teufel mehr
aus,
Jetzt rennen sie alle nach Haus.

Ende des zweiten Aufzugs.

Dritter Aufzug.

Zimmer wie im ersten Aufzuge.

(Ein Leuchter auf dem Tisch, worauf noch ein Vigano Kleid lieget. Wastel schläft auf einem Kanape, ist mit einem tyroler Teppich zu gedeckt. Sein Rock und Hut liegen auf einem Sessel. Eh der Vorhang aufgezogen wird, fängt das Orchester sehr piano einen Deutschen an.)

Erster Auftritt.

Wastel. Frau von Tiefsinn. Therese.

Wastel (nach einer Pause) Hopsasa, heisasa! (schnarcht) ! — (schnarcht) ! — (schnarcht)! — La, la, la!

Fr. v. Tiefs. (staunt, da sie den Wastel liegen sieht) Nein, so was hab ich in meinem Leben nicht gesehen, (ruft) Therese!

Therefe (kommt)

Fr. v. Tieff. Da sieh sie einmahl her, und betrachte sie den ungezogenen Buben, erm Limmel, sich auf mein schönes Kanapee zu legen!

Therefe. Ich erstaune.

Fr. v. Tieff. Aber daß sie so etwas leiden kann.

Therefe. Gnädige Frau, ich habe ihm ein Zimmer und Bette angewiesen, aber ich brachte ihm nicht weiter. So lange mein Bruder und mein Weib nicht zu Hause sind, sagte Wastel, so lange leze ich mich nicht schlafen.

Fr. v. Tieff. Also mein Mann ist noch nicht zu Hause?

Therefe. Ich habe ihn noch mit keinem Auge gesehen.

Fr. v. Tieff. Sieh sie nach, vielleicht schläft er noch.

Therefe. (geht zum Seitenzimmer) Nicht hier.

Fr. v. Tieff. Wie ist das Bette?

Therefe. Alles in Ordnung gnädige Frau.

Fr. v. Tieff. (lacht hämisch) Ha ha ha! Das sind Kunstgriffe mir nur bange zu machen, aber in meinen Augen sehr albern.

Therese. Gnädige Frau, zu allen diesen Kunstgriffen giebt Niemand als Fräulein Louise die Charte.

Fr. v. Tieff. O das weis ich, das weis ich, aber noch heute soll sie mir aus dem Hause. Sie geht mir sodann gleich zu dem alten Buchhalter; ich ließ ihm einen guten Morgen melden, und sagen, wenn er noch Lust hätte, Louisen zu heyrathen; heute wär der Tag der Entscheidung.

Therese. Sehr wohl Euer Gnaden. — Aber gnädige Frau, eben fällt mir ein, daß Fräulein Louise nicht mehr zu Hause ist.

Fr. v. Tieff. Nicht zu Hause? wo ist sie denn also?

Therese. Schon um vier Uhr setzte sie sich mit dem Joseph in eine Perutsch, und wie ich denke, so fuhren sie dem Prater zu.

Fr. v. Tieff. Das weiß sie gewis?

Therese. Das hab ich durch die Fenster mit offenen Augen gesehen.

Fr. v. Tieff. Gut Fräulein! gut. Geh sie dem ungeachtet zum Buchhalter. Und kommt mir die ungezogene Kreatur vor die Augen, so laß ich sie acht Tage lang bei Wasser und Brod durch meinen Kutscher bewachen. — Geh sie nur fort.

Therese (geht ab. Musik)

Wastel. Halts eng z'samm! halts eng z'samm! halts eng z'samm!

Fr. v. Tieff. Grober Bauer, ich dächte, man könnte auch an einem andern Ort schlafen, wie hier.

(Musik)

Wastel. (lacht) Ha! ha! ha! lieber Bruder! dein Weib is a rechter wilder Teufel. (Musik) Tanz zu Bruder, und wenn mir die alte Hex viel sagt, so geb ich ihr a tyrolische Faunzen. (Musik) Juch he! Die Braut und Bräutigam sollen leben! Die, diedel-

dibldum ! — Habs schon g'sagt, a
Weib, die ihren Mann nit liebt, die soll
man ja gleich mit Ruthen peitschen.

Fr. v. Tleff. (wirft ihn seinen Rock und
Hut hin) Das ist ein impertinenter
Kerl. (geht ab)

Wastel (erwacht, setzt sich schnell auf, und
wandert sich, wie sein Rock und Hut daher
gekomen) Wen muß denn mei Hut und
Joppen da aufm Stuhl geirret haben?
schau! schau ! in dem Hause giebts ku
riose Leut. Merks schon, sie hätten mi
lieber draußen, als i hier bin. Aber
i geh nit, bis i mein Weib, und mei
nen Bruder wieder hab. Wo steckt
denn meine Pfeifen ? — habs schon.
(schlagt sich Feuer und raucht)

Zweiter Auftritt.

Mariane. Wastel.

Mariane. Guten Morgen lieber Freund!
Wastel. A so viel. Du Anamiedl, hast
mei Weib noch nit g'sehn?
Mariane. Mit keinem Aug !

Wastel. Und mein Bruder ist heut Nacht a noch nit z'Haus kommen?

Mariane. Auch nicht!

Wastel. Du Mariandl! jetzt wird mir doch a Bißl ängstlich um a Brustfleck. Jetzt halts mi schon nimmer lang iba, ich muß nacher gleich in Prater obi.

Mariane. Ich will zuvor mit einem Frühstück aufwarten.

Wastel. Was giebst mi denn für a Frühstück?

Mariane. Kofee, oder Chokolode.

Wastel. Jetzt gehst gleich. Wennst mir a Frühstück geben willst, so bring mir a Frakl Brandwein.

Mariane. Will gleich aufwarten. (ab)

Dritter Auftritt.

Fr. v. Tiefsinn. Tulippan.
Wastel.

Wastel. (hat Marianen nachgesehen.) Wart Dirndl, weil du so brav bist, sollst du zwei Dutzend Handschuh von mir haben.

Fr. v Tieff. (tritt ein.) Da sehen sie nur einmal diesen impertinenten Menschen an. Jetzt raucht er noch sogar Tobak in meinem Zimmer.

Tulipp. Das ist eine unerhörte Dreistigkeit. (sprechen leise.)

Wastel. (für sich.) Aber, daß mi a Weib amal über Nacht ausbleiben sollt, hätt i a nit glaubt.

Fr. v. Tieff. Wenn er nicht gutwillig geht, so werfen sie ihn auf meine Gefahr zur Thüre hinaus.

Tulipp. Aber gnädige Frau! — er kann sich den Hals brechen, ich kenne meine Stärke.

Wastel. Wenns mi heim kommt, muß i — ihr doch a Bißl die Leviten lesen.

Tulipp. Er ist doch immer der Bruder ihres Gemahls.

Fr. v. Tieff. Ich glaube sie zittern?

Tulipp. Gott bewahre mich! das ist der bloße Zorn.

Fr. v. Tieff. Also, hinab mit ihm oder ich sehe sie in meinem Leben nicht wieder.

Tulipp. Gnädige Frau! das wird ein
Spektakel geben, wovon die Welt nach
hundert Jahren sprechen wird.

Wastel. Ha ha ha ha! a Spas wärs,
wenn i mei Weib gar nimmer krieg.

Tulipp. Also der Kutscher, und der
Hausknecht sind auf alle Fälle in Be-
reitschaft?

Fr. v. Tieff. Die stehen vor der Thüre, und sind auf ihren Wink bereit.
Im Garten erwarte ich ihre Antwort.

(ab.)

Vierter Auftritt.

Wastel. Tulippan.

Tulipp. (wischt sich den Schweiß ab.)
Das ist mir eine balsbrecherische Kommißion. *Bon jour Monsieur.*

Wastel. Was ist's?

Tulipp. *Bon jour,* sag ich.

Wastel. I kann nit wallisch, i bin a
deutscher Tyroler.

Tulipp. Und wo zu Hause?

Wastel. Aus dem Busterthal.

Tulipp. Pflegt mann denn auch dort, in hertschaftlichen Zimmer zu rauchen?

Wastel. Wenn mi unser Graf holen läßt; so rauch i in sein Zimmer, wie auf der Jagd mit ihm.

Tulipp. So? aber lieber Freund, das ist bei uns in Wien nicht Mode.

Wastel. Dafür sind engere Krankheiten nit Mode bei uns.

Tulipp. Mags seyn. Wir würden uns schwerlich mit euch gut vertragen.

Wastel. Wer nit verträglich ist, den peitscht man wieder auß.

Tulipp. Und wer bei uns so groß ist, dem macht man es eben so.

Wastel. Du thuest a wohl nix kaner Katze auf der Welt.

Tulipp. (wischt sich den Schweiß ab.) Wenn ich nur von der Kommißion schon entledigt wäre. Mein Freund, wenn ich ihm rathen dürfte, so würd ich mich an seiner Stelle so bald als möglich aus diesem Zimmer machen.

Wastel. Wenns di nit freut, so geh au-

si, i bleib halt a mal da, so langs mi
freut.

Fünfter Auftritt.

Vorige. Mariane (mit Wein
und Brod.)

Wastel. Ah! da kommt ja schon mei
Frühstück. Sez nur her da — Anamiedel, bring dirs.

Mariane. Ich bedank mich recht schön.
(ab)

Wastel (trinkt) Ha! sapperment, der
ist stark! magst a an Schluck?

Tulipp. *Fi donc*, wer wird sich mit so
einem Gestank abgeben?

Wastel. Du sauffst lieber a 12 Schalen
Kaffe, nit mahr?

Tulipp. Ich trink, was mir beliebt.

Wastel. Meinetwegen, sauf du was du
willst; du wirst dieserwegen gleichwohl
nit stärker, als du bist.

Tulipp. Weis er, daß ich seine Grob-
heiten schon satt bin?

G

Wastel. Trink an Brandwein drauf, so drückts di nit.

Tulipp. Und das vertrauliche Wort: DU verbitt ich mir auf alle Fälle.

Wastel. Ha Hasenfuß! wie soll i denn anders reden mit dir?

Tulipp. Was? jetzt gleich pak er sich, oder ich werfe ihn zur Thüre hinaus.

Wastel. Du? wieviel seyn enger denn?

Tulipp. Ich schlag dir die Ohren voll, wenn du dich nicht den Augenblick entfernst.

Wastel. Du? — bist denn a wirklich so kräftig mit deinen Händen, wie dein Maul is? — Geh her, wir wollen a mal hageln mit anander. (er nimmt ihn bei der Hand) Zieh!

Tulipp. O weh!

Wastel. Nu, so zieh!

Tulipp. O weh!

Wastel. Zieh sag ich.

Tulipp. He! Kutscher, Hausknecht!

Sechster Auftritt.

Kutscher. Hausknecht. Vorige.

Wastel. Ah, seyn engere doch noch mehr?

Tulipp. Werft den Kerl hinaus, daß er sich Hals und Kragen bricht.

Wastel. Nur her da, wer a Schneid hat. (Kutscher und Hausknecht packen an, er wirft einen hin, den andern her.) Ha ha ha ha! es seids ja Kerls, wie die Flederwisch. (Sie stehen auf, und gehen fort, ohne ein Wort zu reden) Habts schon genug?

Aria.

Vier solche Buben auf i packt,
Die steckt mer auf 'm Huth,
A Bauer der kane Federn tragt,
Der hat ka Feuer in Blut,
Drum denk auf den Tyroler Bauer,
Und halt dein große, (weite)Goschen zu.
Den Madeln bist du zu dum,
Denn die Madeln seyn schon g'scheit
Sie blasen di von weiten um
Zum Fensterln hast ka Schneid.
Und kommst du ins Tyrol hinein
Da muß du a Gamsentreiber (Eseltreiber seyn.)
Den Madeln ꝛc.   (geht ab)

Siebenter Auftritt.

Tulppan allein

Das ist ein wahrer Tyroler Bär. Nein! mit dergleichen Leuten geb ich mich in meinen Leben nicht ab. (bläst in seine Hand.) Du arme Hand. He! ist Niemand da?

Achter Auftritt.

Tulppan. Mariane.

Mariane. Wer ruft?

Tulipp. Komm sie doch her mein Kind.

Mariane. Nu was schaffens denn?

Tulipp. Zieh sie mir einmal diese Hand, aber langsam.

Mariane. Was habens angefangen?

Tulipp. Die gnädige Frau befahl mir, den Tyroler abzuschaffen, — o weh — o weh! — langsam mein Kind.

Mariane. Was geschah denn weiter?

Tulipp. Als er nicht gutwillig gieng, so pakt ich ihn bei der Brust, und warf ihn zur Thüre hinaus.

Mariane. Ha ha ha! das hätten sie
gethan, sie?

Tulipp. Nun, warum findet sie das
sonderbar?

Mariane. Ich hab ja den ganzen Auftritt mit zugesehen.

Tulipp. Still mein Kind, daß die gnädige Frau nichts davon erfährt.

Mariane. Aber gnädiger Herr! wie
können sie sich in dergleichen Sachen
einmischen.

Tulipp. Hätte ich nur 1000 fl, um meine Schulden zu bezahlen mich sollte das
ganze Haus nicht wieder sehen.

Mariane. Vertrauen sie sich dem gnädigen Herrn, und wenn er selbst es
nicht hat, so wird er Mittel machen.

Tulipp. Dazu hab ich nicht Herz genug.

Mariane. So werd ichs an ihr Stelle
thun.

Neunter Auftritt.
Jobel. Vorige.

Tulipp. Engelskind, das wolltest du?
Mariane. Das will ich, und thu es
noch heute.

Tulipp. O Freundinn, dafür möcht ich dich in Gold fassen lassen. (ab.)

Zehnter Auftritt.

Mariane. Jodel.

Jodel. So a falsch Krokodil bist du? — Du Anamiedel! aus unserer Pastet wird a Talken.

Mariane. Aber Jodel so sey nur g'scheut.

Jodel. I laß di sitzen.

Mariane. Ich hab ihm ja nur gesagt.

Jodel. Ich habs schon gesehn, was an ander gesagt habts.

Mariane. Ich bin unschuldig.

Jodel. Hab schon gesehn deine Unschuld.

Mariane. Du Jodel! ich bin ein rechtschaffenes Mädel!

Jodel. Jezt geh! laß mi aus. Alle Weibshilder im Haus die gnädige Frau, das Fräule, das Stubenmadel. Du 's Kuhelmensch, eng soll man alle in Backofen eini werfen und verbrennen, denn es ist kane nichts nutz.

M a r i a n e. Du Jodel! das ist für die gnädige Frau, das fürs Fräulein, das fürs Stubenmensch, das fürs Kuchelmensch und für mich kriegst du drei. (sie giebt ihm die Ohrfeigen sehr geschwind.) So jetz 'geh hin und schimpf einandermal wieder.

J o d e l. (sieht sie starr an.) Schau Annamiedel, jetzt hab i dich recht gern. Jetzt glaub i erst, daß du was nutz bist. O man kennts an Weibsbildern gleich an, ob's Ernst oder Spaß machen. Wärst du nit unschuldig, du hätt'st mir gewiß kane zu geben traut; aber so bist du in meinen Augen das bravste Mädel.

D u e t t.

J o d e l. Männer, wenn die Mädle schmeicheln
Trauet nit und glaubet mir.
Mädeln, die viel Liebe heucheln
Denken falsch, i steh dafür.

M a r i a n e. Weiber! wenn die Männer brummen,
Machts wie ich dem Jodel g'macht

Laßt ihn nicht zum Worte kommen
Brauchet eure Hand mit Macht.

Jodel. Immer schier vor Lieb zerfließen
Mariane. Immer streicheln, immer küſ-
sen
Beide. Muß das End der Liebe ſein
Jodel. Heut a warme Watſchen g'nüſſen
Mariane. Heute zanken morgen küſſen
Beide. Das erhält die Lieb allein.

(beide ab.)

Eilfter Auftritt.

Frau von Tiefſinn, Herr von
Tulippan.
(kommen von der andern Seite.)

Fr. v. Tieſſ. Sie haben den Bauer
also glücklich expedirt?

Tulipp. Ja gnädige Frau! den hab
ich expedirt.

Fr. v. Tieſſ. Wie betrug er ſich dabei?

Tulipp. Wie ſich ein Bauer von der
Art immer betragen kann. Anfangs
widerſetzte er ſich, als er aber ſah, daß
ich ihm ſo bei der Bruſt faßte, dann
fieng er an zu bitten. So geh armer

Teufel, sagte ich, aber laß dich ja in diesem Hause nicht mehr blicken.

Fr. v. Tieff. Das wird er auch wohl nicht mehr wagen.

Tulipp. Ich hoff's gnädige Frau, denn er fühlte meine Stärke.

Zwölfter Auftritt.

Vorigen. Therese.

Therese. Gnädige Frau! so eben kommt Fräulein Louise mit dem jungen Bürger die Treppe herauf.

Fr. v. Tieff. Ach kommen Sie endlich. Wie verwünscht, daß sie zugegen sind. Den gemeinen Bürger müssen sie mir eben so expediren, wie den Bauer.

Dreyzehnter Auftritt.

Vorigen. Joseph. Louise.

Fr. v. Tieff. Ach, sind das Fräulein schon zu Hause von ihrer Lustparthie? Louise. Keine Lustparthie! ich suchte meinen verlornen Vater auf.

Fr. v. Tieff. Schweig sie mir mit diesen albernen Geschwäz, sie spricht mit keinem Kinde. Auch weiß ich zu gut, daß das Ausbleiben ihres Vaters nur abgeredete Karte ist.

Louise. Aber gnädige Frau!

Fr. v. Tieff. Wo ist ihr Vater?

Louise. Würde ich nicht bei ihm sein, wenn ichs wüßte?

Fr. v. Tieff. Also auf ihr Zimmer und aus diesem wird sie mir so lange nicht treten, bis ich es befehlen werde. Marsch! —

Louise. (blickt auf Joseph.) Gott!

Joseph. Gnädige Frau! sie handeln aber zu grausam mit Louisen.

Fr. v. Tieff. Mit Leuten seines gleichen, spreche ich nicht.

Joseph. Warum sollten sie nicht sprechen gnädige Frau? Bin ich nicht ein ehrlicher Mann? —

Fr. v. Tieff. Was kümmert mich seine Ehrlichkeit!

Joseph. Ich bin Bürger!

Fr. v. Tieff. Und das macht ihn so stolz?

Aria.

Joseph. Wer nicht dem Bürgerstande
Der Achtung Lohn gewährt
Ist unwerth jener Bande
Die jedermann verehrt.
Der Bürger ehrt den Adel
Er schätzet Rang und Stand,
Doch kränkt ihr stolzer Tadel
Des Hochmuths eitler Tand
Er strebt von seiner Bürde
Den Armen zu befreyn
Drum fühl ich stolz die Würde
Ein Bürgersmann zu sein. • (ab)

Vierzehnter Auftritt.

Vorigen ohne Joseph.

Tulipp. (für sich.) Er hat recht! ich
fühle es, bei Gott, er hat recht.

Fr. v. Tieff. Therese! Therese!

Tulipp. Euer Gnaden rufen verge-
bens, Therese ist nicht zu Hause.

Fr. v. Tieff. Wo ist sie denn also?

Tulipp. Den bestimmten Bräutigam
für Louisen zu hohlen.

Fr. v. Tieff. Recht! recht! Herr von
Tulippan haben sie doch die Güte den

Kutscher und Hausknecht zu] berufen.

Tulipp. Kutscher und Hausknecht?

Fr. v. Tieff. Kutscher und Hausknecht!

Tulipp. Aber ich begreife nicht —

Fr. v. Tieff. Beide sollen wechselweise
Louisen hier bewachen, bis sie dem Buchhalter ihre Hand reicht. Also nur
hurtig! hurtig!

Tulipp. Ich bin zu Diensten (bei Seite)
Das ist abermal eine fatale Kommis-
sion.   (ab)

Arie.

Fr. v. Tieff. Alles will ich brechen beu-
gen
Was ich wünsche muß geschehn
Alle Männer müssen schweigen
Alle uns zu Diensten stehn
Unsere Reize unsere Blicke
Herrschen über sie allein
Schüchtern bebt der Mann zurücke
Wann wir Herr im Hause sein.

                                    (will ab.)

Funfzehnter Auftritt.

**Vorige. Herr von Tulippan.
Kutscher. Hausknecht.**

Tulipp. Gnädige Frau! hier bring
ich heide.

Fr. v. Tleff. Ihr beide stellt euch
her an die Thür und laßt weder Weib
noch Mann paßiren. Auch habt ihr
Niemand zu antworten, weder Ja noch
Nein, mit einem Wort, ihr seid auf
euern Posten stumm. Habt ihr mich
begriffen?

Kutscher und)
Hausknecht.) deuten Ja.)

Fr. v. Tleff. (zu Tulippan.) Ihren Arm.

Sechszehnter Auftritt.

Hausknecht. Kutscher.

Kutscher. Du! wer muß denn da
drinn sein?

Hausknecht. (deutet, daß er nichts
wüßte.)

Kutscher. Also weder Weib noch Mann
darf ein und aus paffiren?

Hauskn. (deutet er soll stille sein.)

Kutscher. Ist wahr, wir müssen stumm
sein! (er deutet, ob er Toback schnupfen
will.)

Hauskn. (deutet ja; kann machen sie
Pantomime, daß der Toback gut sei, end=
lich fängt er an zu niessen.)

Kutscher. (deutet ihm dreimal nach ein=
ander zur Genesung.)

Siebenzehnter Auftritt.

Vorigen. Wastel.

Wastel. Daß t von mei Weib gar nix
hören kann, das geht mi a Bißl stark
im Kopf rum. (Hausknecht und Kutscher
stellen sich recht nahe vor die Thüre.)
Ah? seyd's ihr zwa a schon wieder
da? was stehts denn so da, als wenn
man eng her g'malen hätt! (sie deuten,
daß sie nicht reden dürften.) I glaub gar
ös wollts mi zum Narren haben! ist
mei Basel zu Haus? (sie deuten daß
sie es nicht wissen.) Wollts nit reden?

(wie oben.) Nit? — ich frag eng jetzt
obs reden wollts, oder nit? — nit?
— na! so gehts halt her. (nimmt sie
bei den Ohren.) Könnts no nit reden?

Beide. O weh!

Wastel. Schau, is könnts doch reden!

Kutscher. (ganz leise.) Wir können
freilich reden, aber wir dürfen nicht.

Wastel. Wer hats eng denn verbo-
then?

Kutscher. Die gnädige Frau! sie hat
gesagt, daß wir weder Mann noch Weib
sollen durch die Thür aus und ein passiren
lassen.

Wastel. Ah, das ist was anderst!
jetzt wie fangen wirs an, ich bin a
Mann und möcht doch gern mit mei
Basel da drinne reden. Wißts was,
wir lassen's bei der Thür rausschau-
en. He! Basel!

Louise, (macht die Thür auf, und will
ganz heraus treten.)

Wastel. Bleib stehn bei der Thür,
weiter haben wir keine Erlaubniß mit
a nander z'reden. Jetzt sag du ni

ist noch dei Ernst den Bäcker Joseph
zu heyrathen?

Louise. Man will meine Liebe erstik-
ken.

Wastel. Was ersticken! i will wissen,
ob du ihn heyrathen willst?

Louise. Ja!

Wastel. Jezt geh nur in dein Arrest,
Sapperment jezt fallt mir was ein.

Achtzehnter Auftritt.

Vorigen. Jodel.

Jodel. (eilig) Wir sind schon alle beisammen!

Wastel. Ist der Advokat a schon da?

Jodel. Alles ist da!

Wastel. Jezt sollens nur alle reingehn.

Neunzehnter Auftritt.

Vorigen. Joseph. Mariane.
Advokat Zwei Bäcker-
jungen.

Wastel. Jezt schauts a mal her, da ist
der Herr Joseph, den werds wohl ken-

Hen? (deuten ja) Nun schaut das ist ist
der Bräutigam von meiner Basel, und
so lang man noch Bräutigam ist, ist
man kan Mann, also ist der, der Erste
der passiren kann. (schiebt den Joseph zur
Thür hinnein) Jezt die zwa Leut, sind a
paar Brautleut, zu die kann man weder
Mann noch Weib sagen, bis verheyrath
sein, also eini damit. Jezt der Herr
da, ist a Gerichtsperson, und die haben
in der ganzen Welt ane Ausnahm, also
eini mit den Herrn. Jetzt i sollt frey
lig a dabei sein, weil i aber a verhey-
rather Mann bin, so bleib i bei euch
herraus und gieb mit acht, daß kan
Mensch eini kommt.

Zwanzigster Auftritt.

Vorigen. Liesel.

Liesel. (sieht bei der Thür herrein) Wastel, die Liesel ist da!
Wastel. So! bist a mal da?
Liesel (sieht immer noch herrein) Bist bös
auf mi?

H.

Wa ste l. Muß erst hören, ob du's ver-
dient haft!

Lie se l. Du mußt mi aber versprechen,
daß du mi ausreden läßt?

Wa ste l. Da solls dir nit fehlen, geh
nur her zu mir!

L ie se l. Jezt schau Wastel, wie der Streit
der hoffärtigen Frau Schwagerinn war,
so bin i von eng weg kommen, i hab
halt nit gewußt wie! i schau hin, i
schau her, hab halt Kaiis mehr g'sehn
von eng. Jezt komm i halt endli an
an Plaß, wo so viele reiche Herren und
Damen beisammen sitzen, jezt da haben
mi die Leut mit den Augengläsern so
nachg'schaut, als ob i a Murmelthier
wär. Jezt wie 's mi g'nug angaft haben, so kommt a vornehmer alter Herr
mit so an Glasel auf mi zu und schaut
mi halt von Kopf bis zum Füssen an.
Haft du jezt bald g'nug g'sehn an mi?
hab i g'fragt. Der Herr fangt an zu
lachen und sagt zu mi, daß i ihm so
wohl g'fall. Mag sein, hab i g'sagt,
aber du g'fallst mi nit, weil du so a

blinde Nachteul bist! Wer sich aber
nit geärgert hat, das war der alte
Herr mit seinen Glasel. Kann i mit
was aufwarten? sagt er zu mi. Was
hast denn, sag i. I hab kaum g'fragt,
so ist schon aner hinter mi g'standen und
giebt mir in a klan Glasel a Eiß mit
an rothen Schnee und du Wastel! das
Eiß war so gut und so süß, i glaub i
hab wenigstens zwanzig Glasel von
dieser Art ausg'fressen, und wenn i mi
nit vorn Leuten geschamt hätt, so hätt
i noch so viel g'fressen.

Wastel. Brauch nit z'wissen, wie viel
du g'fressen hast, sondern i will wissen, warum du die ganze Nacht aus-
blieben bist.

Liesel. Wenn du nit 's Maul hallst, so
red i kann Wort mehr. Also wie i
halt z'essen aufg'hört hab, so nimmt
mi der halb blinde Herr beim Arm und
hebt mi in ane Kutsch eini. Endli,
wie mi a weil fahren, so wär bald
der alte Herr so ganz heimli worden
mit mi, da hab i g'sagt a Bißl halten,

H 2

wird mi übel, wie i aus der Kutsch
war, so hab i g'sagt: jezt fahrts nur
allein zu, i hab schon g'sagt und g'sehn,
daß dir zu warm bei mi in der Kutsch
war. Aber so viel i g'sehn hab, so
muß ihm das Ding öfters g'schehn sein,
denn er hat sich gar nit viel draus
g'macht und ist gleich allein davon g'fahren. Jezt wie i so durch die Bäum
durch geh, kam an entsezliches Donnerwetter. Jezt was machst, hab i mi
denkt, weiter kannst jezt schon nit gehn.
I schlüpf also in a so klanes Hüttel
eini und wart bis der Regen und das
Donnerwetter vorbei war. Jezt wie i
so rum schau, so geh i halt immer grad
fort. Jezt schau i auf a mal zu anen
Baum hin, da hör i denn, daß er mit
sich selbst red. I geh ganz langsam
hin, wer war da? — dein Bruder!
Wastel! wie i den so allein hab reden
hörn, so ist mirs eiskalt übern Buckel
obi g'loffen.

Wastel. Was hat er denn g'sagt?
Klesel. Was sagt a Mensch, wenn er
desperat ist und b will sichs Leben nehmen.

Wastel. Was?

Liesel. Ja! ja! sein Halstuch ist schon am Baum g'hängt und wenn i nur a Viertelstund später kommen wär, so lebte dein Bruder nimmer. Anfangs hat er mir ausreisen wolln, aber i hab ihm throllsch g'packt, du Schwager hab i g'sagt, jezt geh gutwillig mit mi, oder i geb dir a Faunzen, ani schöner, als die andre. Endlich schaut er mi groß- mächtig an, fangt z'flennen an, und sagt Schwagerinn di hat a höhers Wesen zu mir g'führt. I hab mi denkt, red du nur zu, wer ihm aber nimmer aus- g'lassen hat, das war i, und wo glaubst du, daß i ihn hin g'führt hab?

Wastel. Wo hast ihm denn hin g'führt?

Liesel. Auf unser Schiff!

Wastel. Und da seits die ganze Nacht blieben?

Liesel. Die ganze Nacht! aber du Wa- stel wir haben die ganze Nacht kan Aug zu g'than.

Wastel. Wie ist denn das zugangen?

Liesel. Ja schau, wir sein halt lustig
g'wesen, und das mit lauter Landsleut.

Wastel. Schau i versteh di noch nit.

Liesel. Der Gärtner Seppel von Inn-
spruk ist mit an ganzen Schiff Tyroler
Aepfel ankommen und er hat just bei
unsern Schiff angeländ. Um elf Uhr
in der Nacht kommt er mit sein Dirn-
teln und mit sein Knechten, mit a paar
Musikanten aus der Stadt her, und
so haben wir halt die ganze Nacht
tanzt, daß der Staub davon g'flogen.

Wastel. Weib! du bist mehr werth,
als 's goldene Dachl in Innspruck —
Jezt sag mir, wo ist mein Bruder.

Ein und zwanzigster Auftritt.

Vorigen. Herr von Tiefsinn.

Hr. v. Tieff. (hat die letzten Worte gehört)
In deinen Armen.

Wastel. Hanns Michel! Hanns Michel! wenn du keine Prucken häst, i
wollt di rupfen. A Mann von 63

Jahren will sichs Leben wegen a Weib
nehmen! pfui Teufel! wegen bösen
Weib soll sich kane Henne, vielweniger
a Mannsbild umbringen.

Hr. v. Tieff. Lieber Bruder! hier steht
der Engel, der mich rettete, du weißt
nicht, was ich seit einigen Jahren leide.

Wastel. J! i brauch kan Jahr dazu.
J hab nur gestern und heut g'nus
g'sehn.

Hr. v. Tieff. Wo ist Louise?

Wastel. Die unterschreibt just ihren
Heyrathskontrakt.

Hr. v. Tieff. Doch nicht mit dem
Buchhalter?

Wastel. Mit dem sie unterschreibt der
kann schon mehr als a Buchhalter
sein. He! ös zwa verlorne Schild,
wachten pakt's eng!

(Kutscher und Hausknecht gehen ab.)

Zweiundzwanzigster Auftritt.

Hr. v. Tleff. Wastel. ¡Liesel.

Wastel. He! is Leut da drinn, seyds noch nit fertig mit engerem Heyraths-kontrakt?

Joseph. (kommt heraus.) Alles ist fertig, bis zum Unterschreiben. O liebster bester Freund, darf ich hoffen, sie als Vater zu umarmen?

Hr. v. Tleff. Junger Mann! dieser Händedruck sage dir, wie glücklich sich ein Vater schätzt, so einen Schwieger-sohn zu haben.

Wastel. Hörts auf mit engerem Ge-schwätz und marschierts lieber eini da, daß die Sach an End nimmt.

Hr. v. Tleff. ⎞
⎟ gehen hinein.
Joseph. ⎠

Wastel. Ha Liesel! was macht's denn schon wieder?

Liesel. (hat unterdessen die Viganoschmie-se angezogen, welche auf dem Tische lag) Du Wastel, der Kittel ist akurat zu

g'schnitten wie unsere Bauern Joppe
— da schau nur her, die Falten gehen
akurat bis zum Buckel aufi.

Wastel. Du wenn die dei gnädige
Frau Schwagerinn derwischt, nacher
frisirst dir dei Haar dazu. (Ins Seitenzimmer ab.)

Drei und zwanzigster Auftritt.

Liesel (allein.)

Aber die Wiener Weiber san doch kane
Narren, das Ding ist just, als wenn
man nichts um den Leib hätt. Aber
a Bißl z'lang wär mir der Kittel,
wenns mei wär, den Schlampen schnit
i gleich um a paar Spane weg.

Vier und zwanzigster Auftritt.

Liesel. Therese. Buchhalter.

Therese. (führt den Buchhalter ein.)
Belieben der Herr Buchhalter nur hier
zu warten, ich werde es sogleich mel-

ner gnädigen Frau melden. (in das
Zimmer der Frau ab.)

Buchhalter. (besieht Liesel mit der Lorg-
nette.)

Liesel. Potz tausend das ist der alte
blinde Herr, der mit mi in Prater
g'fahren ist.

Buchh. Ein allerliebster weiblicher Engel! Mein gnädiges Fräulein — ich
habe die Ehre — was Teufel — du
bist ja —

Liesel. Wenns mi recht an schaut, die
Tyroler Liesel.

Buchh. Wie kommst du in das Haus
meiner Braut?

Liesel. Auf'm Füßen komm i her!

Buchh. Hast du vielleicht Bekanntschaft
mit meiner Braut?

Liesel. Was? du willst noch a Braut
kriegen? — jetzt hör auf oder i lach
dir ins Gesicht.

Buchh. Aber was soll denn das Kleid?

Liesel. Das leg i an, wenn i wieder
in Prater geh, daß mi die Mannsper-
sonnen immer so anschauen.

Buchh. Das Mädchen ist auch naiv!
— Höre Kind hättest du keine Lust
sich mit mir in die Verbindung einzu-
lassen?

Liesel. Das versteh i nit!

Buchh. Ich will für deine Versorgung
besorgt sein.

Liesel. Das versteh i schon wieder nit.

Buchh. Leben deine Eltern noch?

Liesel. Na! aber g'habt hab i a mal
ane.

Buchh. Ledig bist du auch wohl?

Liesel. Ungebunden bin i nit!

Buchh. Du suchst allen Vermuthen
nach Dienste hier in Wien?

Liesel. Wie's du halt glaubst!

Buchh. Arm wirst du vermuthlich sein?

Liesel. Was a Tyroler Mädl braucht!

Buchh. Mädchen! höre meinen Vor-
schlag. — Alle Jahre gebe ich dir 400
Gulden, zwei neue Kleider frei Quar-
tier. —

Liesel. Und warum giebst du mi das
alles?

Buchh. Weil ich dich liebe!

Liesel. Aber sag mi wies möglich ist, daß du noch verliebt sein kannst?

Buchh. (kniet nieder) Ich bete dich an.

Liesel. Ha ha ha! das ist zum Toblachen.

Arie.

Ich will keinen Alten,
Er geht mir nit ein,
Betracht deine Falten,
In Spiegel schau nein,
Drum laß deine Faxen
Erbärmli schaust aus.
Schau an deine-Haxen,
Du bist nix ins Haus.
Du thätest mi barmen,
Wenn 's mi willst umarmen.

* * *

Die Großen die Klanen
Papierln dich ja,
Die G'scheuten die Narren
Du bist mein Pappa,
Drum trink alter Michel
Und schlaf drauf recht wohl,
Wir haben a Sprüchl in Wällisch Tyrol,
So heist: *Tempi passat*
Bei dir alten Dati.

(ins Seitenzimmer ab)

Fünf und zwanzigster Auftritt.

Buchhalter allein.

Buchh. Hat mich das Alter wirklich so entstaltet? Ja! ja! der Baum ist alt, das seh ich an der morschen Rinde — *Tempi passati!* das Mädchen hat recht, sie, hohl mich der Geier, hat recht.

Sechs und zwanzigster Auftritt.

Vorigen. Therese.

Therese. Der Herr Buchhalter mögten sich belieben lassen zur gnädigen Frau zu kommen.

Buchh. Ich bin zu dero Befehl! a propos mein Kind, wo ist den das tyroler Mädchen so hier im Hause ist?

Therese. Sie ist kein Mädchen, sie ist schon ein Weib!

Buchh. Nun das hab ich gut gemacht!

Therese. Haben sie sie vielleicht schon
gesprochen?

Buchh. Ja! so en passent! Tempi passati!
(beide ab.

Sieben und zwanzigster Auftritt.

Wastel. Liesel. Joseph. Louise,
Herr v. Tiefsinn. Advokat.
Jodel. Mariane.
(treten aus dem Zimmer.

Wastel. Unsere Sache wäre also richtig
abgeschlossen worden. — Jezt ös zwa
bleibt da und wenn noch ans von eng
an Zweifel hat, so redts eng mit a nander ab, denn morgen seits schon Mann
und Weib. Herr Advokat sie seyn
eingeladen auf die Hochzeit und da
muß nichts als tyroler Wein g'soffen
werden. Du Annamiedel gieb deine
goldene Haube her, geh Basel sez du
sie auf, wenn deine Stiefmutter kommt,
so sieht 's doch gleich wer du bist.

Liesel. Gieb her Basel i sez derweil

dein Hut auf, und du kannst den
meinigen auffetzen — so jetzt gehn wir
mit einander (sieht sich im Spiegel) Ha,
ha, ha! halt noch amal, wie a Fräule!
(alle bis auf Joseph und Louise ab.)

Acht und zwanzigster Auftritt.

Joseph. Louise.

Duett.

Joseph. Mädchen wie schlägt dir dein
          Herze,
Louise. Nie noch so fröhlich wie heut,
Joseph.) Leicht im rosigten Scherze
Louise.) Amor und Psyche sich freut.
Louise. Dir schwör ich
Joseph. — — ewige Treue
Louise. Liebe mich,
Joseph. — — täglich aufs neue. —
Beide. Treu will ich ewig dich lieben,
       Kinder wie Engel so rein,
       Sollen mit ähnlichen Trieben,
       Bürger voll Treue einst sein.
Joseph. Nicht wahr Louise?
Louise. — — — So sei es!
Joseph. Ja liebes Mädchen?
Louise. — — — So sei es!
Beide. Liebe und Treue allein,
       Soll unsere Hoffnung stäts seyn.
         (Sie wollen gehen.)

Neun und zwanzigſter Auftritt.

Vorige. Fr. v. Tiefſinn. Hr. von Tulippan, Buchhalter. und Thereſe.

Fr. v. Tieff. (kommt ſchnell) Ha freche Dirne! da geblieben! wozu ſoll die Maskerade!

Joſeph. Ich verbitte mir jede Mißhandlung gnädige Frau. Das was ſie an Louiſen ſehen, iſt nicht Täuſchung, ſondern Wirklichkeit.

Fr v. Tieff. Unerhörte Treuſtigkeit. He! Kutſcher! Hausknecht! Werſt den frechen Kerl zur Thür hinaus.

Dreyßigſter Auftritt.

Vorige. Waſtel. Lieſel.

Waſtel. Wem ſoll i naus werfen? den da? (auf Tulippan zeigend)

Tulipp. Nicht doch mein Herr, ich bin ja kein Bürger!

Wastel. Ist wahr? du bist gar nichts.

Buchh. So viel ich sehe meine Herren, und Damen, so bin ich hier überflüßig. Ich habe die Ehre mich zu empfehlen!

Fr. v. Tieff. Warum gehen sie denn fort?

Buch'h. *Tempi paſſati* gnädige Frau!
(ab.)

Liesel (ruft ihm nach) Das hat er von mir gelernt.

Fr. v. Tieff. Ah! sind der Herr Gemahl auch wieder zugegen?

Hr. v. Tieff. Ich bin zu gegen um dir zu sagen, daß du binnen 24 Stunden mein Haus reimst.

Fr. v. Tieff. Alter Bettler! — mir? dieser Ton?

Hr. v. Tieff. Ja dir du Teufel in menschlicher Gestalt!

Fr. v. Tieff. Schon gut, ha ha ha! Kutscher angespannt! so gleich fahre ich zum Amtsrath. Kaſſirt sollst du mir werden noch diese Stunde. Infam kaſſirt!

Wastel. (faßt sie beim Rock) Du bleib a
   Bißl da!

Fr. v. Tieff. Impertinent!

Wastel. Ja, jezt halt i di schon wie a
   Fanghund, kommst nimmer raus — Du
   willst zum Amtsrath gehn? — dein
   Mann verklagen? — und wegen was?
   wegen der 10000 Gulden die er dir
   schuldig ist? schau da hast deine
   10000 Gulden friß die voll an damit,
   wie sich der anfressen hat, der ihm
   drum betrogen hat. Aber schau, das
   muß i dir noch sagen, daß der Mann
   kan Kreuzer von der Besoldung zieht,
   sondern dir alles allein überläßt. —
   Schau! da hast seine Schrift darüber.

Fr. v. Tieff. Mann! ich will die 10000
   Gulden nicht.

Hr. v. Tieff. Was willst du noch
   weiter von mir?

Fr. v. Tieff. (umarmt ihm) Will bei dir
   bleiben!

Hr. v. Tieff. Weib!

Fr. v. Tieff. Louise nimm die 10000

Gulben zur Aussteuer, nur verstoßt mich
nicht aus euerm Zirkel,

Hr. v. Tieff. Bruder! Freunde! ich
bin glücklich.

Wastel. Du, ist das im Ernst?

Fr. v. Tieff. So wahr ich wünsche bei
euch zu leben und zu sterben.

Wastel. Gieb her zwa Bankozettel —
(zu Tulippan) da hast du tausend Gulden!
bezahle deine Schulden, und lauf was
du laufen kannst, aber das sag i dir
in das Haus komm nimmer, sonst schla-
ge ich dirs Kreuz ein.

Tulipp. O Dank, sogar tausend Dank,
so lang ich lebe!

Ein und dreßigster Auftritt.

Vorige. Jodel mit den übrigen Bäckerjungen.

Jodel. Herr Joseph! die Musikanten
von Prater sind da. Sie sagen sie
sein vors Tanzen nit zahlt worden.

Wastel. Laß eini gehn. Spielt auf

Musikanten bis mir zum Fressen gehn.
Geh her Liestl hals mi.

Schlußchor.

Wenn Eheleut in Einigkeit leben,
So ist Glück und Segen dabei
Und was sie den Kindern kann geben,
Gedeihet durch Liebe und Treu,
Das Glück kehrt bei Eltern schon ein,
Das glücklich die Kinder einst seyn.

Ende.